برہنہ

(ناول)

قیسی رامپوری

Barahna *(Novel)*

by: Qaisi Rampuri

Edition: August '2025
Publisher :
Taemeer Publications LLC (Michigan, USA / Hyderabad, India)

ISBN 978-93-5872-058-7

9 789358 720587

کتاب	:	**برہنہ** (ناول)
مصنف	:	**قیسی رامپوری**
صنف	:	فکشن
ناشر	:	تعمیر پبلی کیشنز (حیدرآباد، انڈیا)
سالِ اشاعت	:	۲۰۲۵ء
صفحات	:	۱۵۰
سرورق ڈیزائن	:	تعمیر ویب ڈیزائن

ان لباسیوں کے نام پر ـــــ جو

(عاری عبائے ہوش و قبائے خرد سے ہیں)

معنون کرتا ہوں

احتراماً نہیں بلکہ ان کے لباس کو جھیر جھیر

کرنے کے لئے

قیسی رامپوری

یہ ناول میرے اس سے پیشتر کے ناول "گرد پوش" کی ضد ہے گرد پوش میں مادّہ مذہب سے ٹکرایا ہے۔ اور اس ناول میں مادّہ کی مادّہ سے ٹکر ہے۔ ناممکن ہے کہ ان دونوں ٹکڑوں سے آواز پیدا نہ ہو۔ اس لیے مجھے اب یہی دیکھنا ہے کہ کون سی جماعت کس آواز کو سنتی ہے۔

اس ناول میں کہانی کم ہے اور حقیقت زیادہ، یہی وجہ ہے کہ میں کئی جگہ فسانہ کی ٹیکنک سے ہٹ گیا ہوں۔ چونکہ کھری کھری سنانا زیادہ ضروری تھا اس لیے میں نے فن کا نقصان برداشت کر لیا اور مقصد کو گزند پہنچنے سے بچا لیا۔

یہ دراصل سنہ ۱۹۴۱ء سے اب تک کی تاریخ ہے۔ یورپ میں اب جب کبھی آئندہ جنگ گرجے گی تو ہم یا ہمارے بعد آنے والے برباد شدگان اس تصویر کو دیکھ کر یا تو شرمائیں گے۔ یا ہم سے بھی زیادہ ڈھیٹ اپنے کو ثابت کرنے کا مبارک فیصلہ کریں گے تباہکار سلامت رہے اور منبع تباہی یورپ پائندہ۔ ہم ہندیوں نے تو نہ کبھی اپنے کچھن بدلے ہیں نہ کبھی بدلیں گے۔

قیسی رامپوری

پہلا باب

ٹونڈلا جنکشن پر آج بڑی بھیڑ تھی۔ رات کے دس بج رہے تھے۔ ہلکی ہلکی بوندیں پڑ رہی تھیں۔ اور کڑا کے کا جاڑا تھا۔ دو گاڑیاں گزر چکی تھیں۔ تیسری ڈاؤن ٹرین لیٹ تھی، تقریباً گھنٹہ بھر۔ کیا دنیا بڑی سیلانی ہے۔ جب دیکھو اسٹیشنوں پر بھیڑ سانس کی آمد و شد کی طرح مسافر ادھر ادھر ادھر اور ادھر سے ادھر ہر دم ہر لحظہ دوڑے دوڑے پھرتے ہیں جیسے ریلوے والوں نے ان پر کوئی جادو کر دیا ہے کھنچے چلے آتے ہیں۔ مکانوں سے نکل کر، دوست آشنا کو چھوڑ کر، عزیز و اقارب سے بچھڑ کر بعض وطن کی طرف بھی جاتے ہیں اور بیشتر پردیس ریل کی سواری ہے ہی اس لیے کہ آدمی دیس چھوڑ کر پردیس جائیے۔

ریل۔ اُفوہ! اس میں کیا کیا کچھ نہیں ہوتا۔ آفتیں آتی ہیں، مزے آتے ہیں۔ چوریاں ہوتی ہیں۔ مرادیں بر آتی ہیں۔ دل ہلتے ہیں۔ دل ملتے ہیں۔ قتل ہوتے ہیں۔ زندگیاں ملتی ہیں۔ معاشقے ہوتے ہیں۔ ہجر بنتے ہیں۔ اور جب ریل کے پاس لانے کو کوئی مزید افتاد نہیں رہتی تو تمام مسافروں کو لے کر کہیں لڑ جاتی ہے ٹکرا پڑتی ہے۔

انسان جماعت کی بوریوں میں بھرا ہوا جہاں کہیں جمع ہوگا۔ کچھ نہ کچھ کئے بغیر نہ رہے گا۔ مذہب بنائے گا۔ سیاست رچائے گا۔ سماج پیدا کرے گا اور اسکے بعد ریل کی طرح جب اس کے پاس بھی کچھ کرنے کو نہ رہے گا تو آپس میں ایک دوسرے

سے لڑنے لگے گا۔

ریل میں ایک بات مگر عجیب دیکھنے میں آتی ہے اپنے شہر میں ایک معمولی سا شناسا جو ہفتہ میں کئی بار آپ کی نظر سے گزرتا رہتا ہے ریل میں اگر مل جاتا ہے تو آپ سمجھتے ہیں دنیا میں یہی آپ کا پہلا اور آخری یار قدیم ہے بڑے مزے مزے کی باتیں ہونے لگتی ہیں راز ظاہر کئے جاتے ہیں اپنے شہر کے چھوٹے بڑے ادنے و اعلےٰ واقعات جن کو چاہے کوئی اہمیت حاصل نہ ہو اور جو کنیڈرالنڈ کر ہو کر پرانے پڑ گئے ہوں از سر نو موضوع سخن بنتے ہیں پھر جب آپ واپس اپنے شہر میں آ گئے اور وہ شناسا بھی آ گیا اب کہیں ملاقات ہو گئی تو چند روز تک تو علیک سلیک کا سلسلہ رہا۔ اس کے بعد پھر دہی عدم شناسائی بے رخی عدم دلچسپی اس کے بعد ایک دوسرے کے لیے گم۔

سفر میں ہر شخص غیر معمولی محتاط اور روز مرہ سے زیادہ مسرت بن جاتا ہے۔ بلا وجہ ہر آنے والے اور ڈبے سے اترنے والے مسافر کا خیال رکھنے کی تکلیف کرنی پڑتی ہے۔ اور بلا ضرورت بے کار چیزیں خرید لی جاتی ہیں۔ پھر بہت بڑی حد تک اپنی فطرت کو بھی بدلنا پڑتا ہے۔ دریافت کرنے والے مسافر کو اپنا نام بھی بتانا پڑتا ہے۔ سکونت بھی پیشہ بھی تنخواہ بھی بصورت شادی زندگی بچوں کی تعداد بھی اور شاید بیوی کا حلیہ بھی پھر کہیں جبریہ خوش خلقی کا ثبوت دینا پڑتا ہے کہیں ہمدردانہ تاثر دینا پڑتا ہے۔ اور کبھی مصلحتاً رعب بھی گانٹھنا پڑتا ہے۔ غرض ثقہ آدمی آپ کو ریل میں بدلا ہوا ملے گا۔ سفر میں دیکھئے اس کی حرکات اور پھر اس کی مشہور عام نقاہت کا تماشا دیکھئے۔

جنگ ابھی شروع ہوئی تھی اس لیے دردمند آقا کے اشارہ ابرو پر ملکی حفاظت میں مرنے والے اور ریل میں مسافروں کو کچل ڈالنے والے فوجیوں کی زیادہ بھیڑ

نظر نہیں آرہی تھی۔ ہندوستان پاکستان کو پکار رہا تھا۔ اکھنڈ ہند کو پکار رہا تھا۔ نیشنل گورنمنٹ کو آواز دے رہا تھا۔ سیاسی حلقوں کی کڑھائی میں سرمایہ کے چولھے اور بے سرمایہ داروں کے ایندھن سے پراچین تہذیب کے بلبلے اٹھ رہے تھے انسانیت کے پھول روندھے جا رہے تھے اور آدمیت کے منہ پر چوٹوں کے ایسے شدید ہنتوڑے پڑ رہے تھے کہ جن کے نشانات ترنگے جھنڈے سے بھی چھپائے چھپنے مشکل تھے قریب میں بیٹھا ہوا جاپان اپنی کھلونے سازی کے پنڈے میں سے چھانٹ چھانٹ چھا کر مہیب سامان جنگ میز پہ جما رہا تھا اور ہندوستان ——— یہ مضبوط طاقتور اور متحد ہندوستان بھورے بھورے ٹھنڈے ٹھنڈے ٹھوس پہاڑ کی طرح مطمئن، آسودہ، اپنے اندرونی جھگڑوں پر شاکر اپنی بھانت بھانت کی سیاست پر صابر جما کھڑا تھا جیسے اس کو کوئی گزند نہیں پہنچا سکتا تھا۔ جیسے اس کے سپوت زرین، پر ایثار جری او شدید ترین گرمی سے ٹکر لینے والی قابل رشک ذہنیت کے مالک تھے۔

آگرہ سے گاڑی آگئی ہندوستان میں تقسیم مدارج انسان کا مکمل اجار یہ نمونہ فرسٹ کلاس میں اور سکنڈ کلاس میں ایسے لوگ بیٹھے ہوئے تھے جن کو خدا بہت کچھ دے کر بھول گیا تھا۔ اور جو خدا سے بہت کچھ لے کر صرف اس کو بلکہ اس کی تمام اور مخلوق کو بھول گئے تھے نفع میں دونوں تھے خدا اور یہ فرسٹ سیکنڈ کلاس والے لوگ خدا ایوں کہ اس سے طلب کرنے والوں کی یہ تعداد اس کو بھول چکی تھی اس لیے اس سے کچھ اور مانگ کر اس کو پریشان نہیں کر رہی تھی۔

تھرڈ کلاس کی پوری آبادی اس طرح خدا سے چمٹی ہوئی تھی کہ جیسے ضرورت کی چیز کو انسان تھامے رہتا ہے یوں کہنا چاہیئے کہ ان کا خدا ضرورت نے پیدا کر دیا تھا اگر وہ بھی ضرورت کے بیلچے سے آزاد ہو جائیں تو ان کو بھی خدا کی ضرورت نہیں رہ سکتی ہم سب صاحب احتیاج لوگوں نے ایسے ہی ضرورتی خدا پیدا کر رکھے

رہیں۔ یہی وجہ ہے کہ ہمارے درمیان اکثر خدا کے وجود عدم پر دنیا میں بحثیں ہوتی رہتی ہیں ایسے خدا کو ختم کر دینا چاہیئے اپنے بنائے ہوئے خدا کو اپنے نفس کے گڑھے ہوئے خدا کو خدائے حقیقی ایسے ہی خداؤں سے اپنی دنیا کو پاک دیکھنا چاہتا ہے

ذاکر ابھی ایسے ہی خداؤں کے خلاف علم بغاوت بلند کرنا چاہتا تھا مگر ابھی اس کی یہ کیفیت تھی جیسے ایک نغمہ بند ساز میں رکا پڑا ہو جیسے شرارہ چقماق میں دبا پڑا ہو احساس کے گھر کا ماحول اس قدر قدیم اور ایسے دنیری اسلام سے بھرا ہوا تھا کہ وہاں اف کرنا جاری کردہ دین مقدس کی اینٹ سے اینٹ بجانا تھا دنیوی اسلام اور جاری کردہ دین مقدس کیسی گوش نا آشناسی اصطلاحیں ہیں ہونی ہی چاہئیں جبکہ مسلمان، ہندو عیسائی سکھ اور پارسی سب اپنے من مانے مذاہب بنا چکے ہیں ورنہ ممکن ہے کہ انسان صاحب دین ہو اور پھر بے دینوں کی سی حرکات کرے؟

ذاکر کے والد فیض صاحب بڑے قدیم الخیال اور مذہبی انسان سمجھے جاتے تھے پھر سب سے زیادہ ان کو اپنی نسل پر ناز تھا پرانی تہذیب کے احیاء کے مراق نے سلطنت روما کو غارت کیا۔ سامراجی اور قدیم اصولوں کی پرستش کی ضد نے برطانیہ کو پریشان کیا شہنشاہیت اور دقیانوسیت نے جاپان کو گھٹنوں جھکوائے، نسلی تفاخر کے خبط نے جرمنی کو تباہ کیا۔ ان سب میں سے ایک کو اور کبھی سب کو اختیار کرنے کی نامبارک کوشش نے ہندوستان کو جاہل و غلام بنا کر رکھ دیا جب تک انسان متحد ہو کر زندگی کا کوئی ایسا منشور نہ بنائے گا جو اس کو انسانیت کی خاطر اور خالق کی محبت میں ڈبو کر تمام مخلوق کو پیار کرنے پر مجبور نہ کر دے اس وقت تک ہمیشہ اس کے سامنے تیسری جنگ عظیم، چوتھی جنگ عظیم ہزارویں جنگ عظیم اور لاکھواں محاربہ اکبر کا دروازہ کھلا رہے ہیں۔

فیض صاحب پٹھان تھے صحیح النسل پٹھان وہ ذاکر سے بھی متوقع تھے کہ آباؤ

اجداد کی پرانی سنت کی شریفانہ و سعادت مندانہ پیروی کرتا رہے وہ آبائی مذہب کے مطابق مذہبی بھی ہو، وہ جدی قوانین کے مطابق ان کا ترجمان بھی ہو، نسلی خصوصیات کے مطابق نسلی خصوصیات کا حامل بھی ہو۔ چنانچہ ذاکر خاموشی سے ان کی توقعات پوری کرتا چلا آرہا تھا۔

ذاکر دراصل اپنے باپ کا سعادت مند بیٹا تھا: اس نے کبھی فیض صاحب کے کسی ارشاد سے انحراف کر کے ان کو صدمہ پہنچانے کی کوشش نہیں کی مگر وہ روح اور ضمیر لے کر پیدا ہوا تھا جن میں سلوٹیں پڑتی چلی جارہی تھیں جب سلوٹیں زیادہ پیدا ہو جاتی ہیں تو ان کی چبھن سے اِنسان کو تکلیف ہونے لگتی ہے۔ ایک مقام ایسا بھی آتا ہے کہ سلوٹ پر سے چیز پھٹ بھی جاتی ہے ذاکر کو دل بھی ملا تھا اور دل میں تمام فطری جذبات بھی تھے وہ جوانی کو عریاں دیکھنے کی تمنا سے بھی خالی نہ تھا۔ یہیں اصولوں کی پرکھ ہوتی ہے، اصول بنائے جاتے ہیں، پروان چڑھائے جاتے ہیں رز عمل لائے جاتے ہیں، اور جب وہ فطرت کا ساتھ دینے سے انکار کرنے لگتے ہیں تو ایک انقلاب لایا جاتا ہے۔ جس کے اس پار پہنچنے کو خون کے بڑے بڑے دریاؤں کو عبور کرنا پڑتا ہے۔

ذاکر ہر چند سعادت مندی ادا کرنے کی کوشش کرتا رہتا تھا۔ مگر وہ اپنی ذات کے ساتھ انصاف کرنے کے جذبہ سے بھی خالی نہ تھا۔ وہ زندگی کے خالص قانون پر اپنی جوانی اور جوان جسم کو چلانا چاہتا تھا۔ کیونکہ یہ اس کی فطرت کی پکار تھی آئینِ حیات بہت کچھ تبدیل ہو چکا ہے۔ یہ زمانۂ جدید ہے جس میں دقیانوسیت اور قدامت کے لیے گنجائش نہیں۔ مگر مشکل ہے کہ ہم اس کا اندازہ لگانے سے اکثر قاصر رہ جاتے ہیں کہ ایک زمانہ کہاں ختم ہوا اور دوسرا کہاں سے شروع ہوا۔

دوسرا باب

ذاکر علی گڑھ میں ایم۔اے فائنل میں تعلیم پا رہا تھا۔ اور اس کا شمار وہاں کے نہایت فائق اور ہونہار طلبا ء میں تھا۔ بڑے دن کی تعطیلات ختم کر کے اپنے وطن اٹاوہ سے اس وقت وہ علی گڑھ واپس جا رہا تھا کہ راہ میں اس پر ایک افتاد پڑ گئی۔

ڈیڑھ گھنٹے بعد گاڑی ایک معمولی سے اسٹیشن پر آ کر رکی سردی بہت تیز ہو گئی تھی۔ اس لیے ذاکر چائے پینے اتر گیا۔ چند منٹ بعد جب وہ چائے پی کر سگریٹ کا دھواں اڑاتا ہوا آ رہا تھا۔ تو اس کی نظر ایک برقع پوش عورت پر پڑی جو تھرڈ کلاس مسافر خانہ کے قریب ایک تاریک سے کونے میں سکڑی سکڑائی کھڑی تھی اس کے سامنے صرف ایک چھوٹا سا صندوق اور ایک گٹھڑی رکھی ہوئی تھی اور وہ کبھی کبھی گھبرا گھبرا کر ادھر ادھر دیکھنے لگتی تھی غریب پردہ دار عورت نہ معلوم کس کی منتظر تھی، کس حال میں تھی، کہاں جانا چاہتی تھی۔ کہاں سے آئی تھی۔ ذاکر کو رحم آیا اور ازرہ خدا ترسی اسے اس کی کچھ مدد کرنی چاہی۔

گاڑی روانہ ہونے میں ابھی پندرہ منٹ سے زیادہ تھے۔ بارش ہو رہی تھی اس لیے مینھ اور سردی سے بچنے کو تمام مسافر اپنے اپنے ڈبوں میں بھینچے بھنچائے بیٹھے ہوئے تھے۔ پلیٹ فارم پر سوائے اسٹیشن کے عملے کے اور پولیس کے سپاہی کے کوئی نہ تھا۔

پولیس کے سپاہی کی نظریں بھی اس عورت کی جانب تھیں۔ اسٹیشن والے بھی کبھی کبھی اس کو دیکھنے لگتے تھے۔ بھیڑیئے ایسے ہی مواقع پر اور اسی طرح سفر میں یہ شہوانی ڈاکو عورتوں کی آبرو لوٹا کرتے ہیں۔ ذاکر نے دل میں کہا اور آہستہ آہستہ

اس عورت کے قریب پہنچا۔ پھر ادھر ادھر دیکھ کر آہستہ سے بولا کیا آپ کو اسی اسٹیشن پر اترنا تھا؟"

عورت اس کی آواز سن کر چونک اٹھی اور خائفانہ نظروں سے اس کو دیکھنے لگی اس کے بعد اس نے اچھی طرح برقع اپنے جسم کے گرد لپیٹ لیا۔

"کیا آپ کو لینے اسٹیشن پر کوئی نہیں آیا ہے، آپ کو کسی کا انتظار ہے؟ آخر آپ کہاں جانا چاہتی ہیں؟" ذاکر نے ہمدردی سے دریافت کیا۔

مگر وہ عورت ایک نظر سے اس کی طرف دیکھ کر اور پھر گھبرائی نگاہیں ادھر ادھر دوڑا کر چپ ہو گئی۔

کیا آپ بے ٹکٹ ہیں، بابو نے ریل سے اتار دیا ہے۔ آپ کو؟" ذاکر نے جیب سے بٹوا نکالتے ہوئے پھر سوال کیا۔ مگر عورت نے پھر بھی کوئی جواب نہ دیا۔

"دیکھئے آپ عورت ذات ہیں اور سفر میں اکیلی معلوم ہوتی ہیں مجھے خطرہ ہے کہ اسٹیشن والے یا پولیس کے سپاہی آپ کو یہاں پریشان کریں گے اس لیے براہ کرم فرمایئے، تا ہیں آپ کو کہیں بحفاظت پہنچانے کا انتظام کر دوں۔"

عورت نے برقع کا پلو سرکا کر اس ہمدرد مسافر کو دیکھا اور لالٹین کی روشنی کی ہلکی سی شعاع اس کے نصف چہرے پر پڑی یہ چہرہ ایک نوجوان لڑکی کا تھا بد صورت نہ تھی ذاکر صرف سانولا سانولا رنگ اور نیم گھنی ابرو کو دیکھ سکا اوہو یہ شاید مکان سے بھاگ نکلی ہے سوتیلی ماں کے ظلم سے تنگ آکر، یا پھر شوہر کے ستم سے مجبور ہو کر یا پھر افلاس سے نالاں ہو کر یہ بدنصیب لڑکی، ذاکر سوچ رہا تھا۔

لڑکی اب سخت خائفانہ انداز میں جلد جلد گردن موڑ کر ادھر ادھر دیکھ رہی تھی جیسے یا تو وہ شدید عالم اضطراب میں کسی کا انتظار کر رہی تھی یا تو دیوانہ وار کہیں جانا چاہتی تھی۔

"گھبرائیے نہیں۔ میں کوئی غنڈہ نہیں ہوں مجھے ہمدرد انسان سمجھئے یقین جانئے میں آپ کی مدد کرنا چاہتا ہوں۔" ذاکر نے کہا۔

اب وہ لڑکی بری طرح کپکپا رہی تھی۔ نہ معلوم خوف سے یا سردی کا سے دفعۃً اس نے اسٹیشن کے پھاٹک کی طرف سہم کر دیکھا۔ ذاکر نے بھی متعجبانہ گردن موڑ کر ادھر نظر دوڑائی تو دو سپاہیوں کو اپنی طرف آتے دیکھا۔ سپاہی بہت تیزی سے اس کے قریب پہنچے اور ایک تیزی سے ذاکر سے مخاطب ہوا۔ "اپنا ہاتھ بڑھاؤ مسٹر!"

قبل اس کے کہ ذاکر اندازہ لگا سکے کہ سپاہی کیا کہنا چاہتا ہے اس کے ہاتھ میں ہتھکڑی پڑ گئی اس کے بعد دونوں سپاہیوں نے قہقہہ لگا کر کہا۔

"بڑا پریشان کیا ہے۔ بابو جی ہم کو سامان وامان ساتھ ہے کچھ؟"

ذاکر فرط حیرت سے چند سیکنڈ تک تو سمجھ نہ سکا کہ یہ کیا ہوا۔ آخر فوراً اپنی حالت سنبھال کر حیرت و غصہ سے بولا۔

"یہ کیا ذلیل حرکت ہے تم لوگوں کی، ارے یہ کیا کر رہے ہو؟"

"ذلیل حرکت تو ہے ہی۔ تمہاری اور ہماری دونوں کی اچھا اب چپ چاپ چوکی پر چلے چلو" سپاہیوں نے مذاق اڑاتے ہوئے کہا۔"

"نہیں ــــ نہیں ــــ" لڑکی کے منھ سے پہلی بار یہ الفاظ نکلے اور وہ تھر تھر کانپنے لگی۔"

"جی ہاں بیگم صاحب پولیس کے بڑے لمبے ہاتھ ہیں۔" سپاہیوں نے کہا۔

ذاکر کا چہرہ غصہ سے سرخ ہو رہا تھا عقل سلیم نے اس کو سمجھایا کہ ان وحشیوں سے درشتی سے پیش آنے سے کوئی فائدہ نہیں آخر لہجہ سے غصہ کی حرارت کو ذرا کم کر کے بولا۔"

"ارے بھائی بتاؤ تو سہی یہ کیا ناگہانی ہے۔ یہ کس مغالطہ کا شکار ہو رہے

ہو تم لوگ؟

"چوکی پر۔ بابو جی! چوکی پر ہمیں بھی سردی لگ رہی ہے۔ تم کو اور تمہاری ان آشنا صاحبہ کو بھی لگ رہی ہوگی۔ چلو وہیں۔ آگ کے پاس بیٹھ کر باتیں کریں گے ایک سپاہی نے ہنس کر کہا۔

"مگر یہ مصیبت کیا معلوم تو ہو۔ تم مجھے کس جرم میں گرفتار کر رہے ہو۔ یاد رکھو میں خودکشی کرنا گوارا کر لوں گا مگر تم لوگوں کے ساتھ اس طرح ذلت سے جانا گوارا نہ کروں گا۔"

بکواس بند کرو۔ ہم کو اُلّو بنانا چاہتے ہو۔ ہم سے ہتھکنڈے چلتے ہو تم جیسے نہ جانے کتنے چلتے پرزوں کو ہم نے بڑے گھر پہنچا دیا ہے۔ چلو سیدھی طرح "! ایک سپاہی نے ذاکر کو دھکا دے کر کہا۔

ذاکر کا خون کھولنے لگا۔ اس نے ہتھکڑی ڈالا ہاتھ سپاہی کے منہ پر مارنے کو طیش میں اٹھایا مگر دوسرے سپاہی نے لپک کر اس کو پکڑ لیا۔

" دیکھو! اگر اپنی مٹی پلید کرانا چاہتے ہو تو زور آزمائی کرو۔ ہم نے اب تک تمہاری کوئی بے عزتی نہیں کی ہے۔ صرف قانون کی پابندی کی ہے۔ خیریت اسی میں ہے کہ انسانیت سے چوکی پر چلے چلو"۔ دوسرے سپاہی نے کہا، وہ فوراً ٹھنڈے مزاج کا انسان معلوم ہوتا تھا۔

جب تک تم مجھے یہ نہ بتاؤ گے کہ تم نے کیوں اس طرح میری عزت ریزی کی ذلیل حرکت کی ہے اس وقت تک میں یہاں سے نہ ہلوں گا۔" ذاکر نے غصہ سے کہا۔

انہیں چھوڑ دو ـــــ یہ ـــــ" لڑکی نے کپکپاتی آواز سے کہا مگر کسی نے اس کی طرف توجہ نہیں کی۔

دیکھو بابو جی۔ ابھی تو تمہاری شرافت کا تماشا یہاں کسی نے دیکھا نہیں ہے۔

تمہارے شور و غل سے ابھی تمام اسٹیشن والے اور ریل کے مسافر آ جمع ہوں گے اس وقت ہوگی تمہاری اچھی طرح بے عزتی اس لیے مناسب یہی ہے کہ خاموشی سے ہمارے ساتھ ہو لو۔" نرم مزاج سپاہی نے کہا۔

باوجود سردی کے فرطِ غیرت و صدمہ سے ذاکر کی پیشانی نمناک ہوگئی اس کی سمجھ میں نہ آتا تھا کہ کیا کرے کس طرح ان لوگوں کو سمجھائے کیونکہ اپنی بے گناہی ـــــ بے گناہی کیا معنی اپنا جرم بے گناہی ان پر ظاہر کرے۔ مجبوراً اپنے کو مقدر کے حوالے کرنے پہ آمادہ ہوگیا، اور غم ناک لہجہ میں بولا "تم بڑا سخت دھوکا کھا رہے ہو۔ میں علی گڑھ کا طالب علم ہوں تم اسی وقت تار دے کر معلوم کر سکتے ہو!"

"جی ہاں جیسے آپ کے کالج کا دفتر اس وقت بھی کھلا ہوا ہوگا!" درشت مزاج سپاہی نے ہنس کر کہا۔

مگر تین دن میں جواب آ سکتا ہے۔ اس کے علاوہ میں اٹاوہ سے آ رہا ہوں یہ دیکھو میرے پاس سیکنڈ کلاس کا اٹاوہ سے آج ہی خریدا ہوا ٹکٹ ہے۔" ذاکر نے کہا۔

"اوہو یہ جل کی باتیں رہنے دو۔ فراری (اغوا) کے مجرم اپنا کوئی ساتھی رکھتے ہیں۔ اس نے یہ ٹکٹ اٹاوہ سے خریدا۔ تم کو ٹونڈلا پر لا کر دے دیا موٹی سی بات ہے ہمیں نہ بتاؤ۔" درشت مزاج سپاہی نے کہا۔

"اگر اٹاوہ میں تمہارا مکان ہے تو وہاں سے تصدیق کرا سکتے ہو کہ تم اٹاوہ سے چلے آ رہے ہو؟" نرم مزاج سپاہی نے دریافت کیا۔

"ہاں لیکن اس قسم کا تار دے کر اپنے عزیزوں کو پریشان نہیں کرنا چاہتا البتہ یہ ممکن ہے کہ وہاں کی پولیس اس کی تصدیق کر سکتی ہے کہ میں اٹاوہ سے چلا آ رہا ہوں۔" ذاکر نے کہا۔ اتنے میں گاڑی نے سیٹی دی۔

"اگر تمہارا سامان ہو تو جلدی سے بتاؤ۔ وہ میں اتار لاؤں۔" سپاہی نے کہا۔

ذاکر کے ساتھ صرف اوورکوٹ تھا اور ایک اٹیچی کیس تھا کوٹ وہ پہنے ہوئے تھا۔ اٹیچی کیس ڈبہ میں تھا چنانچہ ہتھکڑی کھلوا کر وہ سپاہی کی معیت میں اپنے ڈبہ کے قریب پہنچا اور اٹیچی کیس اتار لیا ذاکر کے ساتھ سپاہی کو دیکھ کر ایک دو ہم سفر لوگوں نے تعجب سے پوچھا کیا بات ہے مسٹر کیا ہوا؟" ذاکر نے کوئی جواب نہ دیا چپ چاپ سر جھکائے چلا آیا۔

"کوکین فروش معلوم ہوتا ہے کوئی۔" چند مسافروں نے ہنس کر کہا۔ ذاکر سنتا ہوا چلا آیا گیا۔ وہ سوچ رہا تھا کہ کوکین فروشی بڑا جرم ہے یا کسی لڑکی کا اغوا کرنا اس کے بعد وہ مع اس منحوس لڑکی کے جس سے اس وقت خواہ مخواہ نا طلب کردہ ہمدردی جتا کر اس آفت میں پھنسا تھا چوکی پر آ گیا۔

چوکی اسٹیشن سے ایک فرلانگ کے فاصلہ پر تھی۔ ایک بہت چھوٹی سی عمارت تھی جس میں صرف ایک دالان اور دو کوٹھڑیاں تھیں۔ یہاں صرف تین سپاہی رہتے تھے ایک بیمار شفاخانہ میں پڑا ہوا تھا۔ اور یہ دو ڈیوٹی انجام دے رہے تھے۔

ایک سپاہی نے جلدی سے لکڑیاں لا کر آگ جلائی اور ٹین کی ڈبیہ روشن کی دوسرا کاغذ اور قلم لا کر ذاکر اور اس لڑکی کے بیانات قلم بند کرنے لگا۔ آخر ذاکر نے ایک آخری کوشش اور کی۔

"کیا تم لوگ اب تک مجھے مجرم ہی سمجھ رہے ہو؟"

"اے لو۔ اور کیا ہم نے تمہارے ساتھ مذاق کیا ہے۔ شامت آئی ہے ہماری کہ راہ چلتے مسافر سے دل لگی کرتے اچھا اپنا نام بتاؤ؟" سپاہی نے قلم سنبھالتے ہوئے کہا۔

"نیک بخت تم بھی تو منہ سے کچھ بولو۔ تم میری بدنصیبی بن کر اسٹیشن پر کھڑی ہوئی

کیا کر رہی تھیں اور کیا واقعی تمہارا کسی نے اغوا کیا ہے؟" ذاکر بہت دیر بعد اس لڑکی سے بولا۔

"بہت اچھے رہے بابو۔ تم ہی ہماری جگہ لے کر لڑکی کا بیان لینے لگے تم اس کی تکلیف نہ کرو یہ تو ہمارا کام ہے ہم سب کچھ اس سے پوچھ لیں گے اچھا کیا نام ہے تمہارا؟"

"مجھے یہ نہیں لائے ہیں۔ میں تو ان کو جانتی بھی نہیں۔ بیچارے مجھے مصیبت زدہ سمجھ کر ہمدردی کرنے اسکڑے ہوئے تھے سچ کہتی ہوں یہ بالکل بے گناہ ہیں میں ان کو مطلق نہیں جانتی ہوں۔" لڑکی نے کہا۔

اس کا لہجہ پڑھی لکھی عورتوں کا سا تھا غم و پریشانی میں وہ حجاب اور پردے کو بھول گئی تھی۔ اس کی آنکھیں روشن اور چمکدار تھیں۔ چہرہ مہرہ تیکھا تھا اس کے موزوں جسم پر بجز ایک روئی کی صدری کے کوئی گرم کپڑا نہ تھا۔ پہلے وہ شاید خوف سے کپکپا رہی تھی۔ اور اب خوف اور سردی دونوں اس پر غالب تھے۔

ذاکر نے پہلی دفعہ نظر بھر کر اس کو دیکھا اور تلخ تبسم سے بولا "شکر ہے آپ کی زبان کھلی تو مگر اس وقت جبکہ پانی سر سے گزر چکا۔"

اور اپنے عاشق کو بچانے کی کتنی وفاداری سے کوشش کر رہی ہیں بابو میاں تو خوبصورت آدمی۔ ماں باپ کسی اور سے کر رہے ہوں گے۔ تمہاری شادی؟"

سپاہی نے بیڑی جلا کر لڑکی سے دریافت کیا لڑکی نے ایک نظر ذاکر پر ڈالی اور آنکھیں نیچی کرلیں۔

"خاتون! یہ ہم دونوں کی عزت کا سوال ہے۔ میں خود غرض نہیں ہوں کہ تنہا اپنی عزت کو بچانے کی کوشش کروں چاہتا ہوں کہ آپ بھی ذلیل نہ ہوں اس لیے للہ جلد اپنی داستان سنا ڈالیے اس طرح بار بار چپ ہو جانے سے تو اور

ہمارے دونوں فرشتوں کو یہی مغالطہ ہوگا کہ آپ کا اغوا میں نے کیا ہے"۔

ذاکر نے کہا۔

دیکھو بابو! پولیس کی آنکھوں میں خاک ڈالنے کی کوشش نہ کرو۔ جلدی سے اپنا بیان لکھواؤ" سپاہی نے کہا" اچھا کیا نام لکھوں"؟

"ذاکر" ذاکر نے لڑکی کو خاموش دیکھ کر مجبوراً کہا۔

والد کا نام؟

ان کا نام میں تم کو کسی قیمت پر بھی نہیں بتاؤں گا۔ مجھے رسوا کرو، ذلیل کرو، مگر یہ نہ ہوگا۔ کہ میں ان کے معزز نام پر بھی حرف لاؤں" ذاکر نے غصہ سے کہا۔

ہم ضابطہ سے مجبور ہیں، ان کا نام تو لکھوانا ہی پڑے گا تم کو"

اور میں خاندان کی عزت سے مجبور ہوں، ان کا نام تو چھپانا ہی پڑے گا مجھے"۔ ذاکر نے کہا۔

"چھوڑ یار نتھے خاں۔ باپ کا نام پھر لکھ لینا ہاں آگے چلو" نرم مزاج سپاہی نے کہا۔ ناچار غریب ذاکر نے اپنا بیان قلم بند کرا دیا، اس طرح حادثہ کی زد میں آکر ایک ناکردہ گناہ مجرم بن گیا۔ مگر صرف اندھے قانون کی نگاہ میں۔

تیسرا باب

ذاکر کو حیرت اس پر تھی کہ اس مغرور لڑکی سے محض چند باتیں کرتے دیکھ کر آخر سپاہیوں نے اس کو گرفتار کیوں کر لیا۔ کیا اس کے بجائے اگر کوئی اور مرد اس لڑکی سے گفتگو کرتا ہوا اور اس کے پاس کھڑا ہوا نظر آتا تو اس کو بھی دھر لیا جاتا وہ سوچ رہا تھا۔ آخر اس نے سپاہی سے دریافت کیا۔

"مجھے یہ معلوم نہ ہوسکا کہ آخر تم لوگوں کا شبہ مجھ پر ہی کیوں گیا کہ میں ہی اس لڑکی کو لے کر فرار ہوا ہوں؟"

لو۔ یہ بھی ایک ہی سوال ہے۔ پولیس نے کچھ کچی گولیاں کھیلی ہیں۔ آپ کا پورا حلیہ ہاتھرس پولیس نے تمام اسٹیشنوں اور چوکیات پر روانہ کردیا ہے۔"

"کیا میں اپنا حلیہ سن سکتا ہوں؟" ذاکر نے دریافت کیا۔ اس کے لبوں پر خود بخود مسکراہٹ سی آگئی۔

"ہاں ہاں کیوں نہیں" احمد خاں سپاہی نے کوٹھری میں سے ایک بستہ لاکر کھولا۔ اور پڑھ کر سنایا۔ سنولا بنا قد۔ گورا رنگ۔ انگریزی لباس گھنے اور سیاہ بال اوسط درجہ کی کسی قدر کنجی آنکھیں۔ بائیں ابرو پر تل ——

"بس کافی ہے۔ اچھا اب مجھے ذرا غور سے تو دیکھو۔" ذاکر نے ہنس کر کہا۔

"تمہارا قد لانبا ہے۔ رنگ گورا ہے۔ بال سیاہ ہیں۔" نتھے خاں نے کہا۔

"اور آنکھیں؟" ذاکر نے کہا۔

"ایں آنکھیں، رات میں اچھی طرح نظر نہیں آرہی ہیں۔" نتھے خاں نے کہا۔

"اچھا تل؟" ذاکر نے پھر دریافت کیا۔

"اس کو صبح دیکھیں گے سپاہی نے جواب دیا۔

خیر تم مجھے پھانسنے کا فیصلہ ہی کرچکے ہو تو میں کچھ نہیں کہتا مگر تم کو بہت پچھتانا پڑے گا۔" ذاکر نے کہا۔ اور سگریٹ سلگا کر پینے لگا تھوڑی دیر کے بعد اس نے فاؤنٹین پن نکالا اور دو تار لکھے۔ ایک علی گڑھ دوسرا اٹاوہ۔

"تم کو تکلیف تو ہوگی ذرا یہ تار جا کر دے آؤ۔ اگر صبح تک میرے حسب دلخواہ جواب نہ آئے تو میں تمہارا مجرم ہوں۔" ذاکر نے بے پروائی سے کہا اور دس روپیہ کا نوٹ نکال کر سپاہی کو دیا۔ نتھے خاں تار دینے اسٹیشن پر چلا گیا۔

احمد خاں نے اپنی کوٹھری کا دروازہ کھولا اور چند منٹ کے بعد ایک میلے سے کپڑے میں بندھی ہوئی تین موٹی موٹی روٹیاں لے آیا۔ اس کے بعد ذاکر سے بولا "بابو جی لو کچھ کھا لو آجاؤ تم بھی بیٹھ جاؤ"۔ اس نے لڑکی سے بھی کہا۔

شکریہ سپاہی صاحب۔ مجھے تو بالکل بھوک نہیں ہے۔ ہاں اس خاتون کو کچھ کھلا دو"۔ ذاکر نے سگریٹ کا کش لگاتے ہوئے کہا۔

"کھا لیجئے نا آپ بھی تھوڑا بہت" لڑکی نے ذاکر کی طرف دیکھ کر کہا۔

"میں تو ٹنڈلا پر کھا چکا ہوں۔ آپ کھا لیجئے"۔ ذاکر نے کہا۔

"دو چار لقمے تو لے ہی لیجئے"۔ احمد خاں نے اصرار کرتے ہوئے کہا۔

"سچ کہتا ہوں بالکل بھوک نہیں ہے تکلف نہیں کر رہا ہوں"۔ ذاکر نے جواب دیا۔

"آؤ بی بی تم کھا لو" سپاہی نے لڑکی کی طرف روٹیاں بڑھا کر کہا۔

"میں بھی نہیں کھاتی" لڑکی نے منھ بنا کر کہا۔ ذاکر اب خوگر افتاد ہو چکا تھا چنانچہ خوش طبعی کے طور پر بولا "کھا بھی لیجئے ورنہ آپ کے فاقہ کا گناہ بھی میرے سر ہوگا۔

"آپ بھی تو نہیں کھا رہے ہیں" لڑکی نے کہا۔

"للہ مجھ سے اس قدر لگاؤ کا اظہار نہ کیجئے ورنہ مجھے بھی سچ مچ یقین ہونے لگے گا۔ کہ آپ میرے ہی ہمراہ فرار ہوئی ہیں"۔ ذاکر نے ہنس کر کہا۔ لڑکی شرما گئی۔ آخر دونوں کے اصرار سے لڑکی نے چند لقمے لے لیے مگر ذاکر نے فاقہ کیا۔

"بھئی میں اپنے اوور کوٹ میں بھی سردی سے سکڑ اجا رہا ہوں یہ سردی سے کپکپا رہی ہیں ان کو کچھ اڑھا دو نا" ذاکر نے احمد خاں سے کہا۔

احمد خاں کمبل لینے اپنی کوٹھری میں گیا۔ لڑکی نے پہلی بار مسکرا کر ذاکر سے کہا آپ اپنی بے وقت کی ہمدردی سے اس مصیبت میں پہلے ہی پھنس چکے ہیں اب فرنٹ

میری تکلیف کا خیال کر کے ـــــــ" چپ ہو گئی۔

"کیا کر رہا ہوں"؟ ذاکر نے دریافت کیا۔ لڑکی نے کوئی جواب نہیں دیا احمد خاں کمبل لے آیا۔

"وہ سپاہی صاحب تمہاری چوکی میں حوالات تو کہیں نظر ہی نہیں آتی۔ ہمیں بند کہاں کرو گے"؟ ذاکر نے سپاہی سے دریافت کیا۔

"ننھے خاں آجائے کچھ انتظام ہو جائے گا"۔ احمد خاں نے کہا۔

سپاہی صاحب کبھی تمہیں بھی کسی لڑکی سے محبت ہوئی ہے"؟ ذاکر نے وقت گزارنے کو سپاہی سے دریافت کیا۔

"ہاں میاں جوانی کس پر نہیں چڑھتی ہے مگر ہم نے تمہاری جیسی حرکت کبھی نہیں کی ہمیشہ اپنے بزرگوں کی عزت کا خیال رکھا"۔ سپاہی نے کہا۔

بہت شریف آدمی معلوم ہوتے ہو۔ بات یہ ہے بھائی کہ میں دراصل قوم سے سقہ ہوں اب تم جانتے ہو ہماری برادری عزت و آبرو کی زیادہ پروا نہیں کرتی "۔ ذاکر نے کہا۔

"تو تم کو اقرار ہے کہ اس لڑکی کو لے کر تم فرار ہوئے ہو"؟ سپاہی نے آگ کریدتے ہوئے پوچھا۔

"کیا تم کو اس میں کچھ شبہ نظر آتا ہے"؟ ذاکر نے کہا۔

"کیا بتاؤں بابو۔ تمہاری بول چال تمہاری شکل و صورت تمہارا لباس اور کچھ دوسرے واقعات مجھے شبہ میں ڈال رہے ہیں ننھے خاں بہت ضدی آدمی ہے اور اپنے کو بڑا قانونی سمجھتا ہے وہ نہیں مانے گا ورنہ میں تو آپ کو بری کر دیتا۔ پھر آپ نے ایک غلطی یہ کی باوردی اور ڈیوٹی پر کے کانسٹبل پر ہاتھ اٹھایا یوں وہ آپ پر ادھار کھا گیا۔ اب تو خدا کرے صبح آپ کے تاروں کے

جواب لےچھپے آجائیں میں پہلا آدمی ہوں گا جو آپ کو رہا کروں گا۔" احمد خاں نے کہا۔

"سپاہی صاحب تم پہلے تو مجھے مجرم گردان چکے اس کے بعد ایسے کلمات کہہ رہے ہو یہ تم قانون کی خلاف ورزی کر رہے ہو۔" ذاکر نے کہا۔

فرض و جذبات بالکل دو مختلف چیزیں ہیں اور ان کے درمیان ہمیشہ آویزش رہتی ہے۔ احمد خاں جب تک کانسٹبل تھا اس وقت تک اس کے سامنے صرف فرض کھڑا ہوا اس پر حکومت کر رہا تھا مگر ذاکر کی معیت نے اس کے اندر جذبات ہم جلیسی، پیدا کر دیئے۔ تو فرض ضعیف ہو گیا، اور اس کو جذبات نے پکڑ لیا آقا اور غلام، حکمران اور محکوم اپنے اپنے دلوں میں خوب اچھی طرح اس بھید سے آگاہ ہوتے ہیں کہ ہم دونوں انسان ہیں اور انسان ہونے کا ایک مبارک واسطہ قدرتاً ہمارے درمیان قائم ہے لیکن پھر بھی حکومت و محکومیت کی فاروق دیوار کھڑی کر دی جاتی ہے اسی دیوار کو منہدم کرنے کی ضرورت ہے۔ حکومت کو برطرف اور محکومیت کے تخیل کو پامال کرنے کی ضرورت ہے۔

ذاکر آگ کے شعلوں پر نظریں جمائے نہ معلوم کس خیال میں کھویا ہوا تھا بھڑکتی ہوئی آگ انگارے پیدا کر رہی تھی، چمکتے ہوئے لال لال انگارے کچھ دیر بعد ان انگاروں کے گرم گرم اور روشن جسم پر ان ہی کے بدن سے پھٹی پھٹی راکھ کا ہلکا سا غلاف نکلتا چلا آ رہا تھا۔ اور ان پر چھائے جا رہا تھا جیسے ایک جوان اور شباب سے تمتماتے چہرے پر عمر کی دوڑ کے ساتھ ہلکی ہلکی جھریاں پڑنے لگی ہوں ہم بھی زندگی کی بھڑکتی ہوئی آگ میں عمر کا سرمایہ و مافوال کی تحریکیں جھونکتے ہیں جن کے نتیجے انگارے بن بن کر ہمارے گرد جمع ہوتے جاتے ہیں پھر ماحول کی برودت اور یکسر مایکر کی فضا ان کی تپش کو کم کرتی رہتی ہے یہاں تک کہ تھوڑی دیر بعد ہر چیز راکھ ہو جاتی ہے بعض دفعہ یہ راکھ ایسی اڑتی ہے کہ اس کا کوئی نشان نہیں رہتا۔ سوائے زمین پر

ایک سیاہ داغ کے جو بتاتا رہتا ہے کہ اس مقام پر کبھی آگ جلی تھی اور بعض دفعہ اس راکھ میں چنگاری دبی رہ جاتی ہے۔ جس کو دہکا کر دوسرا قافلہ اس سے از سر نو آگ سلگاتا ہے۔

چوکی کی چھوٹی سی عمارت پر سردی کی برفیلی چادریں چڑھی ہوئی تھیں۔ آگ نے ان چادروں کا ایک کونہ بھی نہ جلایا تھا۔ بلکہ جیسے ان کو سردی کا احترام ملحوظ ہو شعلے سر اٹھاتے تھے۔ اور برودت کے آغوش میں جذب ہوئے چلے جا رہے تھے اس آگ کے پاس تین ٹھنڈے جسم سانس لے رہے تھے تینوں جسموں پر کم و بیش سردی کا یکساں اثر تھا۔ تینوں ہر صحت آزار خارجی اثر کی مدافعت میں ایک ہی سا فعل انجام دے رہے تھے۔ تینوں زندہ رہنے کی آرزو میں خطرات کے سامنے ڈٹے ہوئے تھے۔ مگر تینوں کے درمیان دنیا کے پیدا کردہ ایک افسوں نے جس کا نام قانون ہے شدید تفرقہ ڈال رکھا تھا۔ اس قانون نے کہا ایک کو حق برتری ایک کو لعنت کمتری اور ایک کو ذلت جرم بخش دی تھی۔

احمد خاں نے لمبی لمبی جمائیاں لینی شروع کیں۔ ذاکر نے اس کو ایک سگریٹ دیا وقت دیکھا تو بارہ بج رہے تھے گھڑی اپنا فرض انجام دے رہی تھی سگریٹ اپنا وقت اپنا انسان اپنا اور فطرت اپنا۔ ذاکر نے لڑکی کی طرف دیکھا۔ آگ کی مضمحل روشنی اور ٹین کی ڈبیہ کی تھرائی ہوئی لو اس کے خواب آلود جسم پر پڑ رہی تھی کمبل نے ٹھنڈ سے ہار مان لی تھی۔ مگر پھر بھی وہ اس کے جوان بدن کو بھینچے ہوئے لپٹا ہوا تھا لڑکی نے دیوار کا سہارا لے رکھا تھا۔ اور جیسے اس کے پیچھے ایک اور سیاہ فام عورت بیٹھی ہو پشت پر اس کا عکس پڑ رہا تھا۔ جس کی گردن کبھی گھٹتا اونچا ہو جاتا تھا کبھی سینہ کا عکس بڑھ جاتا تھا۔ کبھی کسی پہلو کے ساتھ گھٹ جاتا تھا۔ کمبل جسم کے سامنے والے حصہ پر کچھ اس بے دردی سے لپٹا ہوا تھا کہ اس

کے بدن پر کھال کی طرح منڈھا نظر آ رہا تھا۔

اس کے جسم پر کوئی زیور نظر نہ آتا تھا۔ گلا خالی تھا۔ ہاتھوں میں خوبصورت اور نازک چوڑیاں تھیں۔ جنھوں نے اس کی بھری بھری کلائیوں کی زینت بڑھا دی تھی کانوں میں دل کش آویزے تھے اور لباس قیمتی نہ تھا مگر بے ڈھنگا اور کثیف بھی نہ تھا۔ مجموعی طور پر وہ کسی ایسے اوسط درجے کے گھرانے کی لڑکی معلوم ہوتی تھی جس کے افراد آئندہ مال دار ہو جانے کی توقع میں حال پر فراخ دلی سے صرف کر رہے ہوں۔

اس کو نیند آئے چلی جا رہی تھی جو افتاد آنی تھی وہ آ چکی تھی۔ اس لیے اب اس پر خوف کی تھر تھری تو طاری نہ تھی ہاں ٹھنڈ کی کپکپی باقی تھی۔ جس کے فرد ہونے کے امکانات نظر نہیں آ رہے تھے۔ آگ بے بسی کا اظہار کر چکی تھی۔ اب کمبل میں گھٹی ہوئی لڑکی کی حرارت جسمانی باہر کی سردی سے اس قدر کمزور پڑ چکی تھی کہ لحاف توشک یا تنگ آغوش کا اس کے لیے اہتمام کی ضرورت تھی جن میں سے توشک و لحاف کا کہیں وجود نظر نہیں آتا تھا۔ ہاں تین آغوش موجود تھیں تین ہی کیا آغوش تو از خود بے شمار وا ہو سکتی تھیں بشرطیکہ حرارت کا طالب جسم ان کو قبول کر لینے کو آمادہ ہو۔ مگر خطرہ تھا ـــــــ شدید خطرات تھے۔ کوئی پاکبازی کو گواہ کر کے یقین نہیں دلا سکتا تھا کہ حرارت رسانی تنہا حرارت رسانی کی خاطر پیش کی جا سکتی تھی۔ لذت رسانی کے لیے نہیں۔

چوتھا باب

تھوڑی دیر بعد ننھے خاں تار دے کر آ گیا اور رسید لا کر ذاکر کو دے دی اس کے بعد اس نے کوٹھری میں جا کر اپنا بستر بچھایا۔ اس کے ذہن میں ملزمون کو آسائش پہنچانے کا یا ان کا کوئی انتظام کرنے کا خیال تک نہ آ رہا تھا۔ آخر احمد خاں اس کے پاس اندر گیا اور آہستہ سے بولا "ارے یار یہ تو بتا کہ ملزمون کو بند کہاں کریں۔؟"

"مرنے دے سالے کو۔ اس عورت کو یہاں اپنی کوٹھری میں سلا لیں "۔ ننھے خاں نے ہنس کر کہا۔

مذاق نہ کر ننھے خاں، بتا تو سہی کیا انتظام کریں "۔ احمد خاں نے کہا۔

سمجھ میں نہیں آتا کہ کیا کریں۔ اب اگر تھانہ پر بھی ان کو لے چلیں تو یہ اندھیری سرد رات مینھ اور چار میل کا سفر بھائی ایمان کی بات تو یہ ہے کہ اپنی تو ہمت جواب دے چکی "۔

" پھر ایسا کریں کہ اس دوسری کوٹھری کا سامان نکال لیں اور دونوں کو اس میں بند کر کے باہر کا تالا لگا دیں "۔ احمد خاں نے کہا۔

دونوں کو ساتھ ایک ہی کوٹھری میں بند کر دیں؟ نہیں یہ قانون کے خلاف ہوگا۔ مرد کو کوٹھری میں بند کر دیں۔ اور عورت کو یہاں اپنی کوٹھری میں لے آئیں ننھے خاں نے کہا۔

اچھا تو یہ قانون کے خلاف نہ ہوگا کہ عورت کو ہم اپنے پاس رکھیں؟ احمد خاں نے اعتراضاً کہا۔

"تو پھر یہ کریں کہ مرد کو کوٹھری میں بند کر دیں۔ اور عورت کو باہر دالان میں رہنے دیں اس کا سامان اپنے پاس رکھ لیں تاکہ رات کو بھاگ نہ جائے ننھے خاں نے کہا احمد خاں نے ایک قہقہہ لگایا۔" بہت خوب ملزم کو آزاد چھوڑ دیں ایسا قانون ہم نے کہیں نہ دیکھا" احمد خاں نے کہا۔

"کریں کیا آخر۔ آؤ اس عورت سے دریافت کریں مگر دریافت کرنا کیا ہے ملزم ہماری حراست میں ہیں جس طرح ہم چاہیں گے ان کو رکھیں گے۔"

میں بتاؤں مرد کو کوٹھری میں سلائیں اور اندر تالا ڈال دیں عورت کو اکیلا دوسری کوٹھری میں بند کر کے باہر کی کنڈی لگا دیں۔" احمد خاں نے کہا۔

ننھے خاں نے بھی بادل ناخواستہ اس تجویز سے اتفاق کیا۔ اس کی تو خواہش یہاں تک تھی کہ بس چلے تو احمد خاں کو بھی ذاکر کے ساتھ دوسری کوٹھری میں بند کر دے اور اس عورت کو اپنی کوٹھری میں لے آئے۔

غرض اسی وقت دوسری کوٹھری کو خالی کیا گیا۔ احمد خاں اپنا کمبل تو پہلے ہی اس لڑکی کو دے چکا تھا۔ اب از راہ خدا ترسی اس نے اپنی دری بھی اس کو دیدی آگ کے سامنے سے اٹھتے ہی لڑکی سردی سے لرزنے لگی۔ اور جب وہ اپنی تنگ و تاریک کوٹھری میں آئی تو اس کی فضا اور در و دیوار کو اس نے اس قدر سرد پایا گویا برف میں آدبی ہے کھدا ہوا فرش گیلی گیلی ٹھنڈی ٹھنڈی دری پرانا کمبل اس پر سردی کا یہ عالم کہ باہر مشکوں کا پانی جما جا رہا تھا اور اندر انسان کے جسم میں لہو لڑکی نے دراز ہونا چاہا تو موٹے موٹے کنکر اس کے سردی سے اکڑے ہوئے جسم میں چبھنے لگے اول تو دراز ہونے کے یہ معنی تھے کہ سردی کے برفستانی بھوت

کو اپنے تمام جسم پر چھا جانے کی دعوت دے دی جائے سمٹے سمٹائے اور سکڑے سکڑائے بیٹھے رہنے سے یہ تو فائدہ تھا کہ ایک عضو دوسرے عضو کو حرارت پہنچا رہا تھا۔ یہ کوٹھری جو اس وقت زمہریر کا خلاصہ بنی ہوئی تھی نیند کے مقابلہ میں حرارت کا شدید مطالبہ کر رہی تھی۔ مگر حرارت کا میلوں پتہ نہ تھا۔

تختۂ دار پر بھی جسم آسودگی ڈھونڈھنے کی کوشش سے باز نہیں رہ سکتا۔ لڑکی کے ذہن سے بھی اس وقت جرم قانون کی پکڑ، اپنی بے سروسامانی گھر بار چھوٹنے کا غم صبح جو کچھ ہونے والا تھا۔ اس کا خوف قانون آئندہ جو سزا دینے والا تھا۔ اس کا ڈر سب کچھ نکل گیا تھا۔ بس اس وقت روح جسم زندگی کی ہر ضرورت صرف اس زبردست خواہش میں مرکوز ہو کر رہ گئی تھی کہ اپنے کو بے پناہ سردی سے بچنے کو گرمی پہنچائی جائے۔ ہر چند خواہش اتنا ہی دق کرتی ہے۔ ناقابل تحمل بھوک کی حالت میں سامنے آجانے والی غذا کی مضرت و ضرر کا خیال بھی نہیں آتا ضبط کے ٹکڑے ٹکڑے کر ڈالنے والا تجربہ بھی دسترس پا کر اسی طرح ناگ کی مانند پھنکاریں مارنے لگتا ہے اف یہ تند طبعی خواہشیں!

تھوڑی ہی دیر بعد سردی سے لڑکی کی حالت خراب ہونے لگی۔ یا تو باہر آگ کے سامنے بیٹھے بیٹھے اس کو نیند کے جھونکے آ رہے تھے یا یہاں آ کر فطرتاً وہ اپنی ٹھٹھری ہوئی حیات کو سنبھالنے میں مصروف ہو گئی۔ نیند جیسے کبھی اس کو تمام عمر نہ آئی ہو۔ ہماری زندگیاں کبھی ایک نہج پر نہیں رہ سکتیں ابھی ہم مرتاض و عابد شب زندہ دار بنے ہوئے ہیں کہ یکایک ایسا جھونکا آیا کہ دفعتاً رند خرابات بن گئے ابھی قناعت کئے چند روٹی کے ٹکڑوں پر گزارہ کر رہے تھے کہ یکبارگی بھوک بھوک کا نعرہ لگاتے ہوئے کشت و خون کے لیے آمادہ ہو گئے جنگیں چھڑ گئیں خون برسنے لگا ملک تباہ ہو کر رہ گئے! انسان بالکل بچہ ہے فطرت کا بچہ عجیب عجیب کھیل کھیلتا ہے۔

اس کو جکڑ دو ۔ اس کو آداب سکھاؤ ورنہ ثقہ صورتوں پر ڈاڑھیوں کی خیر نہیں ۔

ذاکر، احمد خاں اور ننھے خاں کی کوٹھری میں تھا ننھے خاں نے اندر کی کنڈی لگائی اور قفل ڈال دیا۔ اس کے بعد کنجی جیب میں رکھ کر کوٹ سرہانے دبا لیا اس نے ننھے خاں سے درخواست کی کہ اپنا کمبل ذاکر کو دے دے مگر ذاکر نے لینے خود ہی انکار کر دیا "میرا اوورکوٹ کافی گرم ہے"۔ اس نے کہا۔ ہوگا گرم مگر آج کی رات کی سردی لحافوں کا بھی مذاق اڑا رہی تھی۔ کوٹوں کی تو حقیقت ہی کیا تھی چنانچہ وہ بھی تھوڑی ہی دیر بعد علانیہ کپکپانے لگا ننھے خاں اور احمد خاں اپنی اپنی رضائیوں میں منھ لپیٹ کر سکڑے ہوئے دراز ہو گئے۔ اور ننھے خاں ذرا سے وقفہ کے بعد عورت کی تمنا کرتا کرتا خراٹے لینے لگا جس کا فوراً ہی ساتھ احمد خاں نے بھی دیا۔

یہ کوٹھری اس لڑکی کی کوٹھری کی برابر سرد نہ تھی۔ اول تو سردی کی کمی و بیشی کا اندازہ لگانا ہی ناممکن تھا۔ کیونکہ وہ تو جیسے ٹھنڈے پانی کی طرح ہر طرف بھری ہوئی تھی لیکن قیاس یہی ہوتا تھا کہ شاید اس کوٹھری میں نسبتاً سردی کم ہو گی کیونکہ یہاں اس کو تین انسانی جسموں پر قوت صرف کرنی پڑ رہی تھی۔ اور لڑکی کی کوٹھری میں تنہائی اسکے جسم کو کاٹ رہی تھی۔ مگر پھر بھی ذاکر یہاں کپکپائے جا رہا تھا۔

اپنے کو کپکپاتا دیکھ کر اور اپنی حالت کا خیال کر کے اس کو اس لڑکی کا خیال آیا وہ یقیناً سردی سے ٹھٹھر کر مر چکی ہو گی، مرجانے والی ہو گی۔ مگر اپنے کیفر کردار کو پہنچے گی۔ کمبخت نے کہاں مجھے لا پھنسایا ہے آوارہ کہیں کی نہ معلوم کس کی ساتھ بھاگی تھی۔ اپنے آشنا کو تو بچا دیا اور ظالم نے مجھے پھنسا دیا۔ ذلیل کہیں کی۔ پہلے تو اس قسم کی یہ لڑکیاں آزادی حاصل کر لیتی ہیں خوب سیر سپاٹے کرتی ہیں۔ خوب سینما دیکھتی ہیں۔ پھر خود بھی ہیروئن بننے کے شوق میں ایسی حرکات

گرگزرتی ہیں جس سے ہمیشہ کے لیے عزت وآبرو کا جنازہ نکل جاتا ہے مگر وہ مرد بھی کتنے ذلیل ہوتے ہیں جو ان کا اغوا کرتے ہیں جنگلی جانور ایسے جنگلی کہ جتنا ان کو پالتو بنانے کی کوشش کرو اتنا ہی وہ جنگلی پن ظاہر کرتے ہیں۔

یہ لڑکی جو اس وقت زندان میں پڑی ہوئی سردی سے ٹھٹھر رہی تھی ایک انسان نما جانور کی بہیمیت کا شکار ہوگئی تھی۔ راحت (اس لڑکی کا نام) جب گیارہ سال کی تھی تو اس کی ماں کا انتقال ہوگیا تھا۔ دوسری شادی کرنے والا احمق انسان بھی یہ سمجھ کر یا اپنے کو فریب دے کر نکاح ثانی کرتا ہے کہ دوسری آئی ہوئی بیوی اس کی پہلی بیوی کے بچوں کی دیکھ بھال کر سکے گی۔ اس طرح وہ ایک عذاب کو اپنے گھر میں آنے کی دعوت دیتا ہے۔ راحت کا والد بھی اسی کا رہتا۔ جب وہ اپنی لڑکی کی غور و پرداخت کے لیے نئی بیوی لے آیا تو راحت کو بہت جلد معلوم ہوگیا کہ یہ گھر اب اس کے لیے جہنم سے بھی زیادہ پر عذاب بن گیا ہے۔ سوتیلی ماں نہ صرف مار پیٹ کر کے اس سے تمام گھر کا دھندا لیتی تھی۔ بلکہ اپنی بھی خدمت کراتی تھی۔ راحت میں بغاوت نام کو نہ تھی وہ مار کھاتی کام کرتی اور جب سوتیلی ماں کے سوتیلے پن کی اس سے بھی تسکین نہ ہوتی تو وہ اس کو باپ سے پٹوا کر اپنا کلیجہ ٹھنڈا کرتی۔ اس طرح انگاروں پر لوٹتے لوٹتے راحت چار سال تک زندہ رہنے کے جرم کی سزا چپ چاپ بھگتی رہی۔

اب وہ جوان ہو گئی تھی۔ نئی پیدا شدہ امنگوں نے اس کو اب چھیڑنا شروع کیا کہ جوانی یوں روندی جانے کے لیے نہیں ہے بلکہ اس کے لیے ہر جگہ منڈی کھلی ہوئی ہے۔ جبہ و عمامے کے پینچوں میں، سوٹ کی کریزوں میں لیڈروں کی قیادت میں اور قلم کے مجاہدوں کے دماغوں میں۔ مگر اس نے منڈی میں آنا پسند نہ کیا۔ شباب لیکن اپنی شرارت میں لگا ہوا تھا۔ اور شیطان۔ شیطان

شیطان بھی اب تک بالکل جوان ہی معلوم ہوتا ہے بالکل جوان۔ جذبات سے بھرا ہوا، ہوس کاری سے مملو۔

زندگی کا سوئہ سال چیتھڑا گھر میں پڑا ہوا سڑ رہا تھا۔ باہر کی دنیا میں سوزن کاری کے بڑے بڑے کارخانے موجود تھے۔ جہاں ایسے چیتھڑوں میں اس صفائی سے پیوندکاری کی جاتی تھی کہ وہ دیبا و حریر کے تھان نظر آنے لگتے تھے اب یہ ضروری نہیں کہ یہ تھان آدمیت کے قامت بالا پر خوش وخوش وضع لباس بھی موزوں کر سکتے تھے۔ زندگی لیکن ایسے تھانوں کے لیے تڑپتی ہے۔ سوزن کاری کے لیے بے چین ہے۔ راحت گیری زندگی کی پہلی آواز ہے۔ اب یہ آواز چاہے۔ گندے مقامات سے اٹھے چاہے صومعہ سے۔

یہ آوازیں برابر راحت کے کانوں میں بھی چلی آ رہی تھیں۔ اس نے کانوں میں انگلیاں دینے کی بہت کچھ کوشش کی مگر یہ تن داغ داغ ہو چکا تھا۔ سوتیلی ماں کا جبر و قہر اور باپ کی بے التفاتی موت سے زیادہ ہیبت بن چکی تھی۔ آس پاس کے مکانات میں سے مردانہ جوان آنکھیں اس کو کھینچتیں، اس کے پاس بولتا ہوا پیغام پہنچاتیں کہ کہاں پھنسی ہوئی ہے۔ ادھر آنکھیں تیرے راستے میں فرش ہیں وہاں مار ہی مار ہے۔ یہاں پیار ہی پیار ہے۔ وہاں سب کچھ میں تیرا کچھ نہیں ہے یہاں کچھ نہیں ہے بلکہ سب کچھ ہے اور فقط تیرے لیے۔

راحت کے مکان کے سامنے رحمان نامی ایک جوان درزی کی دکان تھی۔ اور خوب چل رہی تھی۔ اس کے ہاں قطع و برید کے لیے قینچیاں بھی تھیں سوزن کاری کے لیے بہترین مشینیں بھی پھر سلائی کے کپڑوں میں سے چرائے ہوئے انواع واقسام کے کپڑے بھی ساکھ بھی تھی پیسے بھی جب

اتنی چیزیں تنہا ایک شخص کے قبضہ میں ہوں تو کیریکٹر کو کون دیکھتا ہے۔ چنانچہ رحمان نے بالجبر راحت کو اپنی جانب متوجہ کرلیا۔ اور چند روز بعد ہی اس کو گھر سے اڑا بھی دیا۔ اس طرح راحت سے نجات پانے کو پہلی بار ایک مرد کے وعدۂ ہمسر بخشی پر باہر کی دنیا میں آگئی۔

رحمان نے راحت کا اغوا کرنے کے بعد فوراً اس کو لے کر شہر سے نکل بھاگنے کی کوشش نہیں کی بلکہ اس کو اپنے ایک معتمد دوست کے ہاں چھپا کر برابر دکان پر آتا رہا راحت کے غائب ہوجانے کے بعد گھر میں کہرام تو نہ مچا۔ مگر باپ کے حواس ٹھکانے آگئے۔ بیوی تو بہت خوشی تھی کہ کانٹا نکل گیا مگر راحت کے باپ نے تمام شہر سر پر اٹھالیا۔ پیش کار تھا۔ عدالتوں میں اس کا اثر تھا، اس لیے پولیس نے بھی اس کی خاطر خواہ مدد کی چند روز کے بعد رحمان دکان بند کرکے غائب ہوگیا۔

راحت کا مکان کانپور میں تھا۔ چنانچہ پولیس نے آس پاس بلکہ دور دراز تک کی مختلف ریلوے لائن کے تھانے اور چوکیات پر راحت اور رحمان کا تحریری حلیہ روانہ کردیا۔ کیونکہ رحمان کے غائب ہوتے ہی پولیس کو یقین ہوگیا تھا کہ راحت کو فرار کرنے والا وہی ہوسکتا ہے۔ پھر راحت کے والد نے بھی رحمان کی نظریں بارہا اپنے مکان کی جانب متوجہ پائی تھیں۔ غرض شبہ اسی پر کیا گیا۔

رحمان نے لیکن بڑا توی مجرمانہ دماغ پایا تھا۔ چند روز تک وہ اپنے دوست کے مکان میں چھپا رہا۔ گویا بیمار رہے اس دوران میں اس نے راحت کو ہر قسم کی راحت پہنچائی اور اس کے عوض ایک رات کو اس مغلوب احسان

لڑکی کا جوہر نسائیت چرالیا۔ جوانی جہاں عیش و راحت مانگ رہی تھی، وہاں جنسیت اس کا پہلا تقاضہ تھا۔ چنانچہ جنسیت کے منہ میں بھی لقمہ جاچکا تھا۔ جو منہ بنا کر چبا لیا گیا تھا۔

اس کے بعد رحمان نے سوچا کہ فطرت اپنی تسکین حاصل کرچکی۔ لہٰذا اس اپنے پرکھے ہوئے مال کو کسی ایسے بازار میں کیوں نہ لے جائے جہاں سوائے اس جنس کے کسی اور شے کی دکان ہی نہیں ہے۔ چنانچہ وہ بھیس بدل کر تنہا میرٹھ پہنچا اور وہاں سے اپنے دوست کو ایک مفصل خط لکھا کہ یہاں راحت کی اچھی قیمت لگ گئی ہے۔ وہ اس کا برقع لباس بلکہ حلیہ بھی تبدیل کرکے علی گڈھ کی راہ سے اس کو میرٹھ لے آئے۔ راہ میں انتہائی احتیاط برتے کیونکہ ہر جگہ کی پولیس باخبر ہے۔

یہ دوست حسب ہدایت بڑی احتیاط سے راحت کو لے کر روانہ ہوا لیکن علی گڈھ پہنچ کر اس کو رحمان کے فاسد ارادہ پر غصہ آنے لگا۔ اس نے سوچا کہ ایک تو رحمان نے غریب راحت کا اغوا کیا، اس کی عزت لوٹی اور اب وہ اس کو کسی طوائف کے ہاتھ فروخت کرکے اس کی زندگی بالکل ہی تباہ کرڈالنا چاہتا ہے۔ چنانچہ اس شیطانی کام میں اعانت سے گریز کرنے کا اس نے تہیہ کرلیا۔ اور تمام خطرہ سے راحت کو آگاہ کردیا پہلے تو راحت کو یقین نہ آیا مگر جب اس نے رحمان کا خط بتایا تو راحت کے پیروں تلے سے زمین نکل گئی بالآخر دوست نے اس کی ڈھارس بندھائی اور یہ طے کیا کہ اس کو لے کر وہ اپنے وطن آگرہ چلا جائے یہی کیا گیا۔ مگر راہ میں راحت کا چیکنگ ہوا اس کا ٹکٹ بدقسمتی سے دوست کے پاس رہ گیا تھا۔ جب ٹی ٹی آئی کے اصرار کے باوجود اس نے انکار کیا کہ اس کے ساتھ کوئی مرد نہیں ہے اور نہ تیر ما نہ

ادا کرنے کو پیسہ تو ظالم نے اس کو اس چھوٹے سے اسٹیشن پر اتار دیا۔ اور یہاں وہ پولیس کے ہاتھوں میں پڑ گئی۔ دوست اپنی جگہ سے یوں ٹس سے مس نہ ہوا کہ سپاہی اسٹیشن پر کھڑے تھے، مبادا وہ دھر لیا جائے اس طرح بے کس راحت کو آفت میں پھنسنے کے لیے تنہا چھوڑ دیا گیا، اور وہ پھنس کر رہی! ——— یہ تھی راحت کی حکایت ابتلا

پانچواں باب

ذاکر اپنے اذیت آفریں ماحول تکالیف اور مصیبت کا احساس کر کے راحت کو دل میں برا بھلا کہہ رہا تھا۔ بہت دیر تک وہ پیچ و تاب کھا رہا۔ اس پر نفرین کرتا رہا اور اپنی اظہار ہمدردی کی حماقت پر پچھتاتا رہا: "کیسی بے وقوفی سرزد ہوئی ہے مجھ سے غرض کیا پڑی تھی مجھے کہ اس مردار کے پاس جا کر خواہ مخواہ ہمدردی جتانے لگا تھا۔ بڑی سخت حماقت ہوئی۔ اس کے علاوہ کیا در اصل میں خالصتاً اس کی رستگاری و ہمدردی کی خاطر ہی اس کے پاس جا کر کھڑا ہوا تھا۔ یا تحت الشعور میں کوئی بدنیتی بھی تھی۔ کیا میں نے اس کے تنہا اور بے یار و مددگار ہونے سے وقتی دل بستگی حاصل کرنے کی کوشش کی تھی، کیا میرے ارادوں میں کھوٹ تھی اس نے اپنی اس وقت کی حالت کا اندازہ لگایا تو یقین نہ آیا کہ وہ تمام تر فرشتہ رحمت بن کر اس کے پاس پہنچا تھا۔ اس خیال کے ساتھ لڑکی کے خلاف جذبات نفرت اس کے دل سے کم ہونے لگے اور وہ اپنی ذات سے تنفر محسوس کرنے لگا۔

اس تبدیلی کے ساتھ ہی اس کو راحت پر رحم آنے لگا بے چاری مصیبت زدہ لڑکی نہ معلوم کون ہے۔ کہاں جانا چاہتی تھی، کس طرح اور کس شبہ میں اس آفت کے

اندر پھنس گئی۔ کچھ اس نے اپنے متعلق اب تک بتایا بھی تو نہ تھا۔ پھر یہ سردی اس کے جسم پر بجز ایک معمولی سی صدری اور کمبل کے کچھ نہیں ہے۔ کیا حالت ہوگی اس کی کہیں ٹھنڈ سے اکڑ کر نہ رہ جائے مظلوم لڑکی یہیں بند کردیتے یہ ظالم سپاہی اسکو میں اپنا اوورکوٹ تو پہنا دیتا۔

ذاکر نے کان لگا کر کچھ سننا چاہا جیسے وہ راحت کے سانس کی آواز کو سن کر اس کے زندہ ہونے کا یقین کرنا چاہتا ہو۔ باہر رات آہستہ آہستہ باتیں کر رہی تھی ہر طرف سناٹا ہوا کے بڑے جھونکوں کے بعد کوئی ہلکا سا جھونکا آتا تو ذاکر کو ایسا محسوس ہوتا جیسے کسی کے پیر کی چاپ ہوئی ہے اور کوئی دبے پیر آکر کوٹھری کو بند پاکر باہر کھڑا رہ گیا ہے کبھی کبھی آس پاس کے درختوں کی ڈالیاں اس طرح چٹکنے لگتی تھیں گویا آگ میں کوئلہ چٹک رہا ہے کیا باہر درخت سردی سے جل رہے تھے یا سردی کی بلائیں انسانی جسموں کو ٹھٹھر میں مبتلا کرنے بادلوں سے ٹپک رہی تھیں پرند درختوں پر سکڑے ہوئے جاگ رہے تھے اور کبھی کبھی ایک دم اس طرح پروں کو پھڑپھڑانے لگتے تھے جیسے سردی اور منھ کو اپنے بازوؤں پر سے جھاڑ رہے ہوں۔

اگر ابھی نہیں مری ہوگی تو تھوڑی دیر بعد وہ لڑکی سردی سے مر جائے گی جب اتنے گرم کپڑوں میں میں اس تنگ کوٹھری میں اینٹھا جا رہا ہوں اور باہر پرند اپنی قدرتی سموریں سردی سے مرے جا رہے ہیں تو وہ لڑکی کس طرح بچ سکتی ہے مانا کہ جسم کے اندر جان حرارت و خون ہے مگر جوانی سردی سے مقابلہ کرنے کے لیے نہیں ہے۔ اوہ اگر وہ مر گئی تو کیسی حسرت ناک موت ہوگی یہ وطن سے دور، گھر عزیز و اقارب سے بچھڑی ہوئی کوٹھری میں سے صبح ایک لکڑی کی طرح سخت اور اکڑی ہوئی لاش برآمد ہوگی نہیں اس کو بچانا چاہیئے، کسی طرح بچانا چاہیئے مگر یہ قفل یہ سوتے ہوئے سپاہیوں کا پہرہ۔

ذاکر نے قصداً کھڑکھڑاہٹ کی دیا سلائی جلائی تاکہ یقین کر سکے کہ سپاہی اچاٹ نیند سو رہے ہیں یا غافل۔ اس کو جلد معلوم ہو گیا کہ اس کے دونوں نگرانی اس عالم میں نہیں ہیں بلکہ حشر کی نیند سو رہے ہیں۔ دیا سلائی کی روشنی میں اس کی نظر احمد خاں کے سرہانے رکھے ہوئے کوٹ پر پڑی جو نیند میں تکیے کی بے ترتیبی سے لٹک پڑا تھا۔ ذاکر پہلے ایک ہلکے سے جھٹکے کے ساتھ احمد خاں کی نیند آزمانے کو کوٹ کھینچا مگر وہ مردوں سے شرط باندھے سو رہا تھا۔ اس کے بعد اس نے آہستہ سے اس کو گھسیٹا اور جیب میں ہاتھ ڈال کر اپنی حراست کی چابی نکالی۔ اب ذاکر خود بخود مجرموں کی طرح کپکپانے لگا۔ گو یا وہ کہیں چوری کرنے جا رہا تھا اور اس کو پولیس کا خوف تھا آہستہ سے اٹھا، ہلکے سے قفل کو ٹٹولا۔ دھیرے سے اس میں کنجی گھمائی اور ہولے سے دروازہ کھول کر باہر نکل گیا آزادی پاتے ہی اس کی پہلی خواہش یہ ہوئی کہ بھاگ ذاکر بچا اپنے کو چلدے مگر جائے کہاں کڑاکے کا جاڑا جسم کے پار ہونے والی ٹھنڈی مینھ کی بوندیں بدن کو آرے کی طرح چیر کر رکھ دینے والی سرد ہوا پھر نہ ریل، نہ تانگا۔ نہ بیل گاڑی یہ سائیں سائیں کرتا ہوا جنگل جس کے اسٹیشن والی سمت میں دور کہر اور دھند کے غلاف میں لالٹین کی روشنی دھیمی دھیمی نظر آ رہی تھی نہیں بھاگنا ناممکن ہے۔ اور بھاگ بھی گیا تو غضب ہی ہو جائے گا۔ اگر اب تک اس کے مجرم ہونے میں شبہ ہوگا تو پھر یقین سے بدل جائے گا۔ اس کے علاوہ وہ غریب لڑکی جس کی مدد کے خیال نے اس وقت اس کو باہر نکالا تھا۔ اس کا کیا حشر ہوگا حالانکہ وہ کسی عنوان اس سے وابستہ نہ تھی۔ صرف ایک مفروضہ جرم نے دونوں کو یکجا کر کے باندھ دیا تھا مگر ناکردہ گناہی کا اب دونوں کے درمیان ایک واسطہ سا قائم ہو چکا تھا۔ اس واسطہ کو نباہنا لازم تھا پھر یہ قیامت کی سرد رات جس

کے کئی سو یردوں تک حرارت بخش آفتاب کے نکلنے کے آثار نہیں نظر آرہے تھے اپنی جگہ روحانی پہلوؤں میں اس قدر جراءت نہ تھی کہ اس کی سیاہ آغوش میں چھپ کر کچھ نہ کیا جائے

ذاکر چند سکنڈ تک چوکی کی سیڑھیوں پر کھڑا سوچتا رہا اس کے بعد کوئی فیصلہ کرکے راحت کی کوٹھڑی کی جانب مڑ گیا۔ دروازے کے قریب پہنچا۔ باہر کی کنڈی لگی ہوئی تھی۔ آہستہ سے اس کو کھولا اور کنواڑ کو ہٹا کر اندر جھانکا کوٹھڑی میں اندھیرا تھا چند سکنڈ تک کچھ نظر نہ آیا۔ آخر ایک کونے میں بھورا بھورا کالا کالا سا ایک چھوٹا سا ڈھیر نظر آیا۔ ذاکر کو معاً خیال گزرا کہ لڑکی سردی سے اکڑ کر مر چکی ہے تاہم وہ کسی امید میں باہر نکلا اور کوٹلا جاتی ہوئی نیم سوختہ چند لکڑیوں کو باہر سے اٹھا لایا۔ پھر اوورکوٹ کی جیب سے چند پرانے خطوط اور ایسے ہی ردی کاغذ نکال کر آگ جلائی اب مضمحل شعلوں کی کپکپاتی روشنی میں ذاکر نے دیکھا کہ گیند بنے ہوئے کمبل میں کچھ سانس کے آثار ہیں اور اس پر کپکپی طاری ہے اس نے گیند کو آہستہ سے آگ کے قریب لڑکایا اپنا اوورکوٹ اتار کر اس کے گرد لپیٹ دیا اور اس کے بعد حرارت پہنچانے کے لیے سہولت سے اس کو داب کر بیٹھ گیا۔

سردی سے راحت کی بتیسی بھنچ چکی تھی، ہاتھ پیر اینٹھ گئے تھے اور تھوڑی دیر بعد اس پر سکوات کا عالم طاری ہونے والا تھا۔ اس بروقت امداد نے اس کو بچا لیا آدھ گھنٹہ کے بعد مردہ جسم میں حرارت نے کروٹ لی اور اس کے ساتھ زندگی بھی بیدار ہو گئی۔ چند منٹ کے وقفہ کے بعد کمبل میں حرکت ہونے لگی گویا وہ اپنے حرارت بخش وزن سے کسمسا رہا ہے۔ ذاکر نے اپنی منفعت رساں گرفت کو ڈھیلا کیا اور آہستہ سے بولا "سردی کچھ کم ہوئی؟"

گیند پھیل گئی اور راحت نے کمبل میں سے منہ نکالا۔ آگ کی دھندلی روشنی میں اس کو ذاکر کا چہرہ نظر آیا، منہ کھلا، لب پیوست ہوئے بتیسی ڈھیلی ہوتی، اور

اس کے منھ سے آواز نکلی آپ ہیں۔ مجھے امید تھی کہ آپ آئیں گے۔"

کوٹ اتار ڈالنے سے اب ذاکر پر کپکپی طاری ہوتی جارہی تھی، اس کے دانت سردی سے بجنے لگے تھے مگر اس نے جبڑے سخت کر کے پوچھا کیوں تمہیں کیوں امید تھی؟"

"ارے آپ تو سردی سے کپکپا رہے ہیں اپنا کوٹ پہن لیجئے۔" راحت نے ذاکر کا کوٹ اپنے اوپر سے سرکاتے ہوئے کہا۔

نہیں، ابھی تم کو اس کی ضرورت ہے۔" ذاکر نے آگ سے لپٹتے ہوئے گرمی پہنچانے کی ناکام کوشش کرتے ہوئے جواب دیا اب اس کا تمام جسم سردی سے تھرتھرا رہا تھا۔

" تو پھر تکلف چھوڑیئے آپ بھی کمبل او ورٹ کے نیچے آ جائیے۔ آپ کا سوٹ تو خراب ہو جائے گا۔ مگر وہ جان سے زیادہ قیمتی نہیں۔" راحت نے کمبل کا کونہ اونچا کر کے کہا ذاکر کانپ کر کمبل میں گھس گیا اس طرح دو انسانی جسموں کی قدرتی حرارت اور اوپر تین خارجی گرمیوں نے دونوں کو اپنی پناہ میں لے لیا۔

ذاکر کی زندگی میں اتصال اجسام کا یہ پہلا موقع تھا۔ اگرچہ دونوں جسم پہلے بے تکے پن سے شانہ بہ شانہ اور کبھی پشت سے پشت لگا کر متصل ہوئے تھے مگر چوطرفہ سے دہکتے ہوئے انگارے کو خواہ کسی زاویئے سے آتش گیر مادہ پر ڈالا جائے آگ کا بھڑک اٹھنا یقینی ہے اس قدر کھینچ کر بیٹھنے میں ناممکن تھا کہ زیادہ حساس اعضا دور رکھے جاتے سردی سے بچنا مقصود تھا، ہاں صرف سردی سے مگر ایک شے کا شدید تحفظ دوسری شیٔ کی جانب کم خیال جانے دیتا ہے سانس میں تیزی سی پیدا ہونے لگی اور خود بخود دونوں کے جسم دہک اٹھے جب یہ عالم ختم ہو گیا تو یہ معلوم ہونے لگا جیسے مردہ بدن میں مصنوعی تنفس سے جان ڈالی جارہی ہے

ذاکر نے برف کی منجمد برودت کا خیال کیا مگر نئے انسان کو اب اس کے تصور سے کپکپی محسوس نہیں ہوئی۔ دھیمی آگ کی مدھم روشنی دونوں کو دیکھ رہی تھی راحت کا جسا

ہوا۔ خون پگھل کر چہرے کو تمتما رہا تھا اور بڑھتی ہوئی آرزو اس کے چہرے کی سرخی بڑھائے جا رہی تھی۔ تعلیم، اطوار اور خیالات میں بالکل متضاد یہ دو ہستیاں یکجا ہوگئی تھیں اور صرف ایک جذبۂ فطری نے ان دونوں کے طبعی اختلافات و میلانات کو مٹا کر بالکل ایک خیال بنا دیا تھا۔ ایک خواہش میں لپیٹ دیا تھا۔ ان کو کورٹ شپ کی مدت، باغ، چاندنی رات، لب آبجو کی ضرورت نہیں رہی تھی۔

ذاکر نے کردار کے ننگے پن کا پہلی بار احساس کیا۔ لیکن یہ نو نصرت کا ننگا پن تھا۔ حس پر سے تہذیب، آموختہ حیا اور تحصیل کئے ہوئے اصولوں کی گرد جھڑ چکی تھی اس لیے اس نے روح کی اس برہنگی کو شاندار محسوس کیا۔ اس وقت جسم میں جسم اور روح میں روح تحلیل ہوئی جا رہی تھی راحت کی آنکھیں بند ہونے لگیں، اس کا بدن اس طرح کسمسا رہا تھا جیسے وہ کسی نہایت خوشگوار تاثر سے اپنے کو دور لے جانے کی بے دلی سے کوشش کر رہی تھی جذبات کے پنجے پر اس کی روح چڑھی ہوئی تھی جو مادہ کی طرح، لاوا کی مانند پھٹی پڑ رہی تھی۔ اس نے ذاکر کے چہرے کو دونوں ہاتھوں میں لے لیا۔ اُفوہ ذاکر کے رخسار حرارت سے آگ ہو رہے تھے، رحمان کے ساتھ بھی اس کو ایک رات گزارنی پڑی تھی۔ بڑی ذلیل اور جبر و اکراہ سے پر رات۔ مگر یہ رات اس سے بالکل مختلف تھی یہ باہر جتنی زیادہ بھیانک اور سرد تھی اتنی ہی اس کوٹھری میں حسین و گرم اس کو معلوم ہو رہی تھی ذاکر کے لیے اس کا دل کھل گیا اور اس نے پہلی بار باوجود "شب دیگر" میں آسودہ ہونے کے محبت کا سرچشمہ اپنی ہستی میں سے پھوٹتا ہوا محسوس کیا اس سے کئی روز پہلے کی شب اول تمام قدرتی تاثرات سے خالی تھی۔ اس شب کو اس نے روح کی تشنگی کچھ اور کی خواہش اور ہمیشہ یہی "قصہ ہے" کی آرزو مطلق محسوس نہیں کی تھی۔

جس طرح سردی سے اکڑی ہوئی حالت میں قطع نظر تکلیف وہ ماضی اور قہرناک مستقبل کے راحت کے دل میں صرف حرارت کی شدید خواہش رہ گئی تھی اسی طرح اس کو

تنگ و گرم پاکر اور اپنی سازِ ہستی کے ان بولے اور ان چھڑے تاروں پر ایک پسندیدہ ہاتھ دیکھ کر اب اس کی روح صرف "آسودگیِ معصیت" کے لیے ہمک رہی تھی یہ جذبات کے شرارے یہ انسانی تند خواہش وقت و فطرت کی جو بخل تھی جو شاید صدیوں کی پیوست کی ہوئی تہذیب و قوانین قدامت میں ایک انقلابی چنگاری نظر آئے لیکن سطحیت کبھی فطرت کے ان گہرے رازوں کو نہیں سمجھ سکتی بناوٹ اور مصنوعی حجاب کے پردے تان کر رکھ دینا اس ماحول کی غلط ترجمانی تھی، اپنے آپ سے اپنی چغلی کھانا تھا تقدیس پر تمام زمانے سے سمٹا ہوا بہتان تھا جنس کی توہین تھی جنس اپنی ذات میں کافی مقدس و صادق ہے۔ وہ اپنی آگ میں جل کر جھوٹ نہیں بولتی۔ وہی کہتی ہے جو وہ چاہتی ہے جو وہ مانگتی ہے۔

"تم کون ہو آخر، تم نے اب تک یہ نہ بتایا" ذاکر نے بہت دیر بعد راحت کا سر اپنے سینے سے نکال کر دریافت کیا۔

"آپ کون ہیں۔ آپ نے بھی تو نہیں بتایا" راحت نے دریافت کیا۔

میرا نام ذاکر ہے" ذاکر نے کہا۔

"میرا نام راحت ہے" راحت نے جواب دیا۔

"میں ایم۔ اے کا طالب علم ہوں"

"میں نے اماں کے انتقال کے بعد مڈل پاس کر کے چھوڑ دیا" راحت نے کہا۔

"مگر میں تمہاری تمام داستان سننا چاہتا ہوں"

"آپ کو سن کر مجھ سے نفرت کرنے لگیں گے" راحت نے کہا۔

آخر ذاکر کے اصرار پر اس نے اپنی تمام حکایت سنا دی ذاکر سن کر کئی منٹ تک چپ رہا پہلے اس کے دل میں نفرت اور پھر بعد کو رحم کے جذبات پیدا ہونے لگے۔ ہندوستان کے صدہا بدقسمت گھرانوں میں رات دن یہی مناظر نظر آتے رہتے ہیں۔

وہ سوچ میں پڑ گیا۔ کہ اب راحت کے مستقبل کا کیا ہوگا۔
کئی گھنٹے بعد صبح ننھے خاں کی آنکھ کھلی تو ذاکر کو وہاں نہ پاکر اور دروازہ کھلا دیکھ کر وہ گھبرا اٹھا۔ اسی وقت احمد خاں کو جگایا وہ بھی غضب ناک ہوکر اٹھا جلدی سے دونوں باہر نکلے اور راحت کی کوٹھری کی طرف لپکے ننھے خاں نے لپک کر کوٹھری کا دروازہ کھولا کھردری زمین، بجھے ہوئے کوئلے ٹھنڈی لکڑی اور راکھ کے ڈھیر کے قریب کوٹ اور کمبل کے نیچے اس کو ایک ایسا جسم نظر آیا جس کے دو سر تھے۔ اس نے غضب ناک ہوکر اندر قدم رکھنا چاہا لیکن احمد خاں نے روک دیا اور مسکرا کر پھر کوٹھری کا دروازہ بند کر دیا۔

چھٹا باب

صبح ہوچکی تھی۔ لیکن کوٹھری میں اب بھی تاریکی تھی۔ ابر کی وجہ سے ہر طرف ہلکا ہلکا اندھیرا چھایا ہوا تھا۔ آفتاب طلوع ہوچکا ہوگا جس کی عاجز شعاعیں بادلوں کو روشن کر کے اجالے کا اعلان کر رہی تھیں اسی ملگجے اجالے میں راحت نے ذاکر کا چہرہ دیکھا اس کی آنکھ کھل گئی تھی لیکن ذاکر اب تک اس طرح بے خبر سو رہا تھا گویا اپنے پر آسائش مکان میں بستر استراحت پر میٹھی نیند نکال رہا ہے راحت نے بہت آہستہ سے اس سے قدرے علیحدگی اختیار کی اور اس کے بے ترتیب سر کے نیچے اوور کوٹ کی موٹی آستین رکھ دی رات کی اگلی ساعتوں کی سردی اور پچھلی گھڑیوں کی گرمی نے اس کو تھکا ڈالا تھا۔ پھر سخت و ناہموار زمین نے پشت اور کمر کو چور چور کر دیا تھا مگر پھر بھی اس کی روح میں ایک تازگی سی جب وہ ذاکر کے نیند میں سکڑے ہوئے جسم اور خواب آلود چہرے کو دیکھتی تو اس کو ایسا محسوس ہوتا جیسے اس کے عین ارمانوں کے مطابق کسی محبت کرنے والے مرد سے اس کا بیاہ ہوگیا ہے اور وہ دلہن بنی ہوئی اپنے دولہا کے پاس بیٹھی ہے سوتیلی

ماں کا ناقابل برداشت ظلم جب انتہائی حد تک پہنچ جاتا تو اس کے الم رسیدہ دل میں شادی کی آرزو تڑپنے لگتی وہ سوچتی کہ اس قصاب خانہ سے رخصت ہو کر ہمیشہ کے لیے کسی نیک مرد کے ساتھ اپنا گھر بسانے کیوں نہ چلی جائے اس کو باقاعدہ کسی جوان کے سپرد کیوں نہیں کر دیا جاتا جہاں وہ آزادی سے اپنی ایک گرہست کی دنیا بنا لے۔

یہی آرزوئیں جب اس کے حسرت پرست و الم نصیب دل میں بہت تند ہو گئیں اور جب ان کی تکمیل کے آثار اس نے امید کی افق پر دور دور نہ پائے تو بے قاعدگی کے ساتھ وہ رحمان جیسے شخص کا آسرا ڈھونڈھنے پر مجبور ہو گئی تھی وستگاری حاصل کرنے کی اندھی تمنا میں وہ مرہم رکھنے والے ہاتھ کا اندازہ نہ لگا سکی کہ یہ کسی جلاد کا ہاتھ ہے یا ہمدرد انسان کا اس کو مصائب کی منجدھار میں اپنے قریب ایک تختہ مل گیا اس کو تھام لیا حالانکہ اس تختہ پر ایک سانپ بیٹھا ہوا تھا اس سانپ نے نہ صرف اس کو ڈس کر مرنے کو چھوڑ دیا تھا۔ بلکہ اس کے جسم میں ایسا زہر بھی بھر دیا کہ اس ڈسے ہوئے جسم کو جس نے بھی چھوا وہ بھی مار گزیدہ ہو گیا۔

ذاکر اس کی زندگی کا دوسرا تختہ تھا۔ صرف ستھرا سانپ بچھو اور کیڑے مکوڑوں سے بری زندگی کے دھارے میں اس نے اب اسی تختہ پر بہنے کی آرزو اپنے دل میں محسوس کی مگر کیا یہ تختہ بھی کہیں جاکر اس کے بارے لوٹ تو نہ پڑے گا پھر ایک یہ خطرہ بھی تھا کہ یہ کام کا تختہ تھا اس کے تو بہت سے خریدار ہوں گے یا پیدا ہو جائیں گے بلکہ ممکن ہے کہ اس کا صحیح مالک ہی اس کو آ پکڑے اور اس کے (راحت کے) وجود کو مطلق درخور اعتنا نہ سمجھ کر اپنے تختے کو لے جائے اور اس کو ڈوبنے کے لیے پانی میں ہی چھوڑ جائے۔

اس نے محبت سے ذاکر کے چہرے پر سے بال ہٹائے اور پھر اس طرح اس کے قریب ہو گئی جیسے کوئی اس کو کمبل میں سے گھسیٹ کر لیجانے کے لیے اسکی طرف ہاتھ بڑھا رہا ہے ماضی سے اب تک خون رس رہا تھا، اور رس رہا تھا، اور مستقبل اس سے

بھی زیادہ زخمی نظر آرہا تھا۔ وہ بے اختیار ذاکر کے سر کو اپنے سینے کے نیچے اس طرح گھسیٹ لائی گویا ذاکر پر جھپٹا مارنے والے ہر چنگل سے خود بھی لپٹی چلی جانا چاہتی ہے کیسی الیم زندگی بن جاتی ہے غریب عورت کی ایسے حوادث میں!

ذاکر کی آنکھ کھلی تو اس نے کسی کو اپنے اوپر جھکا ہوا پایا۔ غنودگی کی حالت میں وہ ایک دو سکینڈ تک سمجھ نہ سکا کہ کہاں ہے کس عالم میں ہے دروازہ کی طرف نگاہیں گئیں دھیما دھیما اجالا کواڑوں کی درازیں سے اندر آرہا تھا کروٹ لی تو فرش پر کے موٹے موٹے کنکروں نے اس کی پسلیوں کے نیچے تہنیے لگانے شروع کئے اب اس کے حواس بیدار ہو گئے اور اس کو فوراً معلوم ہو گیا کہ کہاں ہے دل کو ایک سخت دھچکا سا لگا۔ اٹھنا چاہا مگر راحت نے محبت سے اس کے شانے دبا کر آہستہ سے کہا" لیٹیے اس کے بعد اس کو اس طرح اپنی گود میں لٹا لیا گویا وہ اس کا بچہ تھا عورت میں ماتا و محبوبیت کے دو کیسے متضاد جذبات ہیں۔

ذاکر نے پیار سے راحت کا ملائم ہاتھ تھام لیا۔ اور مسکرا کر بولا" راحت واقعی تم راحت ہو۔"

"ہاں ایسی راحت جو دوسروں کے لیے ہے اپنی منحوس ہستی کے لیے نہیں'۔ اس نے غمگین لہجہ میں کہا۔

راحت میں حیران ہوں کہ تمہاری جابر سوتیلی ماں اور وہ ذلیل انسان جس نے تم کو تباہ کیا کیسے سنگ دل ہوں گے کہ تم کو غارت کرنے کے درپے تھے وہ مگر میں کس طرح تمہارے رحمان کو برا کہہ سکتا ہوں، کس منہ سے اس کو ذلیل کہہ رہا ہوں جبکہ گزشتہ رات نے ہم دونوں کو برابر کر دیا، ایک ہی سطح پر کھڑا کر دیا نہیں راحت میں بھی نہایت ذلیل ہوں میں نے تمہاری بے کسی پر ترس کھانے کی بجائے تمہارے عورت ہونے سے فائدہ اٹھانے کا جرم کیا ہے۔

"ایسے الفاظ زبان سے نہ نکالیے"۔ راحت نے اس کا قطع کلام کرتے ہوئے کہا۔

"قبل اس کے کہ خدا اور اس کی مخلوق مجھے مجرم قرار دے میں چاہتا ہوں پہلے مجرمانہ تمہارے سامنے سرنگوں ہو لوں تم پوری کراہت کے ساتھ مجھ سے نفرت کرو راحت! اس کوٹھری میں جہاں سے پولیس کے تمہارے باب میں مزید اقدامات اٹھے ہوئے ہیں اور خدا کا قہر جو مجھ پر ٹوٹنے کو آسمان سے رخصت ہو چکا ہے سب سے پہلی سزا وہ ہے کہ تم بنو کیونکہ میں نے تمہاری روح اور سماج کے خلاف جرم کیا۔"

"اور اگر میں تمہارے جرم کو معاف کر دوں"؟ راحت نے اس کا سر تھپتھپا کر پوچھا۔

اس سے بھی جرم کے وجود کا خاتمہ نہیں ہو سکتا جب وہ ایک دفعہ اس کوٹھری میں جنم لے چکا تو ہمارے نفس کے ساتھ اب گندھا ہوا ہمارے ہی ساتھ یہاں سے اٹھے گا جہاں ہم جائیں گے ہمارے ضمیروں پر جھکا ہوا وہ بھی ہمارے ساتھ رہے گا ہمارے سینوں میں پرورش پاتا رہے گا جرم ایک جھول میں بے شمار بچے دیتا ہے یہ بچے ہمیں مزید مشق کی دعوت دیں گے۔ اور پھر جس طرح آگ کو اپنے آگ ہونے کا احساس نہیں رہتا ہم بھی جرم نہ گناہ سے آگ بن کر احساس گناہ سے خالی ہو جائیں گے۔"

"چھوڑو اس ذکر کو ذاکر جب میں تم کو معاف کرتی ہوں تو پھر تم کو پریشان ہونے کی ضرورت نہیں۔" راحت نے کہا۔

عورت کا سادہ فلسفہ تھا۔ وہ ان گہرائیوں تک نہیں پہنچ سکتی تھی جن میں ذاکر ڈوبا ہوا تھا۔

"کیا تم مجھے بھول جاؤ گے ذاکر"؟ راحت نے اپنی زندگی کی آئندہ راحت ٹٹولنے کی کوشش کر کے دریافت کیا۔

دونوں خیالات میں کس قدر تضاد تھا۔ عورت اپنی فطرت کے مطابق اپنا سب کچھ نسے دینے کے بعد اس دہش کو یاد رکھنے کی اپیل کر رہی تھی اور حساس اور سلجھا ہوا

مرد اپنی سخت ذہنی دلیلوں میں الجھا ہوا تھا۔

"ہاں مجھے اپنے کو سزا دینے کے لیے تم کو بھول جانا پڑے گا۔" ذاکر نے کہا۔

یہ طریقۂ سزا عورت کی فہم سے بالاتر تھا۔ اس نے اپنے نسوانی بچار سے اس کے مرتکب معنی غداری کے لیے مگر ذاکر کو غدار سمجھتے ہوئے اس کا دل دکھ رہا تھا۔

"راحت" ذاکر اٹھ بیٹھا اور اس نے محبت سے راحت کے سر کو اپنے دل کے قریب بھینچ لیا۔" راحت میں بزدل نہیں ہوں اور تم جیسی افتاد زدہ عورت کے ساتھ زندگی گزارنے میں اپنے خاندان کی عزت، گھر کا ماحول، اپنی تعلیم اور اصول حیات کو خارج سمجھنے کا روادار نہیں ہوں لیکن ننھی سی راحت میری زندگی آج سے ایک رنڈی کی سی زندگی بن گئی ہے۔ اب تک تو یہی دیکھنے میں آیا ہے کہ ایک مظلوم عورت کی جب عزت لوٹ لی جاتی ہے تو اکثر اوقات طوائف کی زندگی اختیار کرنے پر مجبور ہو جاتی ہے لیکن طہارت پاکیزگی نفس اور عفت مرد و عورت دونوں کے لیے یکساں ہے مرد بھی جب کہیں پہلی بار اپنے کو بے عزت کر چکا ہے تو وہ بھی ایک مردانہ طوائف سے کم نہیں رہتا چنانچہ اب مجھے بھی اپنے نفس پر بھروسہ نہیں رہا ہے جس طرح ایک غیرتمند مرد ہرجائی عورت کو قبول نہیں کرتا اسی طرح ایک نیک عورت کو بھی کسی ذلیل و آوارہ مرد کو قبول نہیں کرنا چاہیئے عین ممکن ہے کہ آج کی شب کا یہ تاریخی گناہ مجھے ہمیشہ کے لیے گرا دے ذلیل بنا کر رکھ دیئے بے حمیت اور پکا غنڈہ بنا ڈالے اس صورت میں میں یہ گوارا نہیں کر سکتا کہ تمہارے ساتھ اپنی زندگی وابستہ کر کے تم کو ایک شیطان کے سپرد کر دوں۔"

مگر ذاکر ہم دونوں ایک ہی کشتی میں سوار ہیں۔ اس وقت ہم دونوں کی یکساں پوزیشن ہے دونوں لٹے لٹائے اور مجرم ہیں" راحت نے ذاکر کی عجیب و غریب دلیل کو مسترد کرنے کی نیت سے کہا۔

"نہیں۔ تم کو تو دوکھولتے ہوئے پانی کی دیگوں میں ڈال دیا گیا تھا۔ تم کو گناہ نے

راضی نہیں کیا تھا۔ بلکہ حوادث نے کیا تھا اس کے علاوہ تمہارے متعلق مجھے یقین ہے کہ آئندہ تمہارا غلط قدم نہ پڑے گا۔" ذاکر نے کہا۔

اس کی یہ دلیل بڑی بودی تھی۔ لیکن اس میں صرف اس قدر رجحان تھی کہ وہ جانتا تھا کہ گناہ آئندہ کے باب میں محتاط رہنے کی تردید عورت اپنی زبان سے نہیں کرسکتی ہے۔

"مگر ذاکر میں نے تم کو اپنے دل کے قریب پاکر اپنے کو تمہارے قریب کیا تھا راحت نے اکتاکر صاف صاف کہا۔

"آپ توہین نہ کرو۔" ذاکر نے کہا۔

"اس میں توہین کا کیا سوال ہے۔ میں شور مچاکر سپاہیوں کو جگا سکتی تھی۔" تعجب ہے کہ راحت وہ دلیلیں پیش کررہی تھی جو اپنے کو بے گناہ ثابت کرنے کو ذاکر کے حصہ کی تھیں۔

"لیکن تم ایسا نہیں کرسکتی تھیں کیونکہ فطرت کی آواز سے مغلوب ہوچکی تھیں۔" ذاکر نے کہا۔

"اب ہوئی۔ یہ میری توہین۔ اس سے پہلے کے تمہارے الفاظ سے تو میری اہانت نہیں ہوئی تھی۔ مگر اب تم میری توہین کر رہے ہو۔" راحت نے اس کے پاس سے ہٹ کر کہا۔

"دیوانی بچی! اس میں توہین کا کیا شائبہ ہے۔ میں تو تمام الزام اپنے سر لے رہا ہوں۔ میں ایک سیاہ دعوت تمہارے پاس لے کر آیا، اور میرے اجبار پر تم نے اس کو قبول کرلیا۔" ذاکر نے کہا۔

دوسرے کے جذبات پسندیدگی کو جیتنے کا ایک طریقہ یہ بھی ہوسکتا ہے کہ جب دو انسان ایک جرم کے برابر کے شریک ہوں تو ان میں سے اگر ایک تمام جرم اپنے سر لینے کی کوشش کرنے لگتا ہے تو دوسرا بھی مجرمانہ اخلاق کی بنا پر گناہ بٹانے کے لیے آمادہ

ہو جاتا ہے ذاکر کے ان الفاظ نے بھی کچھ اسی قسم کا اثر کیا۔ لہٰذا راحت بولی "یہ غلط ہے کہ آپ کسی کا ارادۂ فاسد سے میرے پاس آئے تھے آپ کی نیت مجھے سردی سے بچانے کی تھی"۔

"راحت! میری مدافعت میں اپنے کو برہنہ نہ کرو حقیقتاً برہنہ میں ہوں کہ ثواب کے معاوضہ میں میں نے گناہ لیا"۔ ذاکر نے کہا۔

باتوں کی آواز سن کر احمد خاں کوٹھری کے دروازہ کے قریب آیا کھنکھار اور آہستہ سے دروازہ کھول دیا۔ راحت دور ہٹ کر بیٹھ گئی اور ذاکر بھی شرمسار نظر آنے لگا۔

"سو اٹھے بابو جی۔ بڑا آرام ملا ہوگا یہاں" احمد خاں نے مسکرا کر دریافت کیا۔

بھائی معاف کرنا۔ میں نے تمہارے قانون کی تھوڑی سی خلاف ورزی کی کہ تمہاری حراست سے نکل کر یہاں آگیا۔ میرے لیے بھاگ جانے کا موقع تھا مگر اس کو میں نے جرم سمجھا۔ اگر میں آکر راحت کے لیے حرارت کا سامان فراہم نہ کرتا تو یہ اس وقت اس کوٹھری سے مری ہوئی نکلتیں۔ یہ دیکھو میں نے لکڑیاں جلا کر ان کو گرمی پہنچائی ہے"۔ ذاکر نے کہا۔

"ہاں جس طرح تم نے گرمی پہنچائی ہے وہ تو ہم صبح ہی دیکھ گئے تھے"۔ نتھے خاں نے مذاق اڑاتے ہوئے کہا۔

ذاکر چونک سا اٹھا کیا یہ لوگ صبح ہم کو ایک کمبل میں سوتا ہوا دیکھ گئے ہیں اس نے دل میں کہا۔ راحت حیا سے کٹنے لگی اور ذاکر بھی خجالت محسوس کرنے لگا۔

"اس وقت تو کچھ کھاؤ گے؟ میں تمہارے لیے گاؤں سے دودھ لے آیا ہوں"۔ احمد خاں نے بات پلٹنے کے طور پر ذاکر سے کہا۔

"ان کو پلاؤ بھائی۔ ان کی حالت رات کی سردی سے اب تک درست نہیں ہوئی ہے ذاکر نے راحت کے لیے کہا۔

"میں نے تو کچھ پیٹ میں ڈال بھی لیا تھا۔ مگر آپ تو رات سے بھوکے ہیں دودھ

پی لیجئے آپ" راحت نے کمبل میں منہ چھپائے کہا۔

ذاکر نے دو روپیہ نکال کر احمد خاں کو دیئے اور بولا" بھائی تم کو پھر تکلیف دیتا ہوں تھوڑا سا دودھ اور لے آؤ"

دو روپیہ کا تھوڑا سا دودھ نہیں آئے گا بلکہ پندرہ سیر آئے گا" اس نے ہنس کر کہا۔

" خیر جتنا چاہو لے آؤ" ذاکر نے دو روپئے اس کے ہاتھ رکھ کر کہا۔ احمد خاں نے نتھے خاں کو گاؤں بھیجا۔

دیکھنا نتھے خاں! اسٹیشن پر بھی ہوتے آنا شاید بابوجی کے تاروں کے جواب آگئے ہوں" احمد خاں نے نتھے خاں سے کہا۔

ساڑھے دس بج چکے تھے ابر کی وجہ سے وقت کا پتہ نہیں چلتا تھا۔ اگر ذاکر کے پاس گھڑی نہ ہوتی تو وہ شام تک صبح ہی کے مغالطہ میں رہتا۔

علی گڑھ سے ابھی جواب نہیں آیا تھا۔ ہاں اٹاوہ سے آگیا تھا جس کا ترجمہ نتھے خاں تار بابو سے کرا تا لایا تھا۔ تار کا مضمون سن کر نتھے خاں سخت سراسیمہ ہوا اور اسٹیشن سے آتے ہی تلافی گستاخی کے طور پر ذاکر کی خدمت میں لگ گیا پانی گرم کیا ذاکر کا منہ ہاتھ دھلایا۔ دودھ گرم کیا۔ جلد جلد روغنی ٹکیاں ڈالیں اور ادب سے ذاکر کے سامنے لایا۔ ذاکر اور احمد خاں اس کی اس تبدیلی پر حیران تھے۔ بہر نوع ناشتہ سمجھئے یا کھانا اس میں ذاکر نے سب کو شریک کیا اور چاروں نے مل کر کھایا اس کے بعد نتھے خاں ندامت کے لہجہ میں بولا۔

"صاحبزادے صاحب! میں اور احمد خاں آپ سے معافی چاہتے ہیں ہم سے بڑی غلطی ہوئی کہ رات بھر آپ کو حراست میں رکھا سردی میں مارا اور سفر سے آپ کو روکا یہ کہہ اس نے ذاکر کو تار کا جواب دے دیا۔

"کیا جواب آیا؟" احمد خاں نے اشتیاق اور گھبراہٹ سے پوچھا۔ ننھے خاں نے ترجمہ پڑھ کر اس کو سنایا۔ اٹاوہ کے پولیس آفیسر نے ان کو سخت ڈانٹا تھا اور لکھا تھا کہ ذاکر تعلقہ دار کا فرزند ہے۔ اور یہ تعلقہ دار خاں بہادر ہیں حکومت کے خاص آدمی ہیں پولیس آفیسر کے محسن ہیں۔ ذاکر کا کیرکٹر ہمیشہ بے داغ رہا۔ ہے وہ ایک بڑے آدمی کا نہایت شریف بیٹا ہے اس سے معافی مانگ کر فوراً اس کو رہا کردو وغیرہ وغیرہ۔ احمد خاں کو خوشی بھی ہوئی کہ اس کا طرز عمل ذاکر کے ساتھ کچھ برا نہ تھا۔ اس لیے وہ اس کو تو یقیناً معاف کر دے گا۔ غریب قلیل المعاش سپاہی اپنے قانونی فعل میں حق بجانب ہونے کے باوجود اس انکشاف کے بعد نوکری کے ڈر سے گھبرا رہے تھے۔

ادھر جب راحت کو بھی معلوم ہو گیا ذاکر کون ہے تو وہ اس کے اب تک کے تمام واعظانہ انداز مقام الزام گناہ اپنے سر لینے کا بار بار اصرار اپنے کو عقوبت گناہ کے لیے مستعد رکرنے کی جرات سب کچھ بناوٹ نظر آئی یہ محض حیلہ تھا جناب کی ترکیب تھی اس سے چھٹکارا پانے کی چال تھی۔ بھلا کہاں اتنا بڑا آدمی اور کہاں وہ ایک معمولی درجہ کی عورت وہ اس سے پرہیز کرنے میں حق بجانب تھا اس کی نسائیت سے کھیلنے کا حق رکھتا تھا۔ اس کا سب کچھ چھین لینے کا مجاز تھا۔ کیونکہ دولت مند تھا۔ صاحب اثر و اقتدار تھا بڑا آدمی تھا۔

"پھر یہ کون لڑکی ہے؟" آخر احمد خاں نے کہا۔ راحت کہنے ہی والی تھی کہ تمہارا ایک مجرم غلط نکلا مگر دوسرا صحیح ہے لیکن ذاکر نے شاید اس کے تمام جذبات کو پڑھ لیا تھا۔ فوراً بول اٹھا "یہ بھی مصیبت کی ماری ایک دوسری لڑکی ہے بغیر ٹکٹ کے سفر کر رہی تھی بابو نے پکڑ لیا اور یہاں اتار دیا۔"

"بی بی! ہم تم سے بھی معافی مانگتے ہیں" دونوں سپاہیوں نے کہا۔ راحت چپ ہو گئی۔ جب ذاکر سے اس کو کوئی سروکار نہیں تو وہ کیوں اس سے سروکار رکھنا چاہتا ہے

اس نے غصہ سے دل میں کہا۔

ساتواں باب

ذاکر اپنے کو بالکل بھول گیا تھا۔اب اس کو بار بار راحت کا خیال آئے جا رہا تھا کہ اس کا کیا کرے مناسب تو یہی تھا کہ آئندہ دنوں میں اسی قسم کے دوسرے مواقع پر اپنے آپ کی جانچ کرنے کے بکھیڑے میں مبتلا ہونے کے بجائے وہ راحت کو اپنے ہمراہ لے جا کر اس سے نکاح کر لیتا۔تاکہ اس غریب کی نااستوار اور آلام سے بھری ہوئی زندگی کا ایک صحیح ٹھکانا ہو جاتا ورنہ ممکن تھا کہ آئندہ پھر وہ کسی بدمعاش کے ہتھے چڑھ جائے اور دودفعہ کی ڈوبی ہوئی زندگی پھر ایسی ڈوبے کہ کبھی سر ہی نہ ابھار سکے۔اس کے علاوہ یہ بھی ممکن تھا کہ راحت عورت کی تمام دولت کے ساتھ ذاکر کو اس طرح لبھانے میں کامیاب ہو جائے کہ ذاکر آئندہ اس قسم کے گناہ کے اعادہ کی ضرورت ہی نہ محسوس کر سکے۔

راحت سے ذاکر کا عذر گریز کچھ دل کو نہیں لگتا تھا یا تو وہ انتہا درجہ کا بااصول انسان تھا۔اور اس واقعہ نے اس کی ہموار اور اصولوں کی مسلسل زنجیر سے بندھی ہوئی زندگی کے سلسلہ کو توڑ دیا تھا۔تو وہ از سر نو پچھلی طے کی ہوئی راہ پر پھر سے چلنا چاہتا تھا کہ دیکھیں بار دیگر پھر کسی ایسے ہی گڑھے میں گرتا ہے یا نہیں یا وہ محض ہوا پرست تھا۔ایک رات کی تنہائی نے اس کی آغوش میں ایک عورت کو پھینک دیا تھا اور اس نے رات کی عنایت کا پورا شکریہ ادا کر دیا تھا اس کے اس وقت کے احساسات لیکن ثابت کچھ یوں کر رہے تھے کہ وہ ایک لغزش کے بعد اپنا بن کر بگڑ جانے والی زندگی کی ابتدا پھر سے کرنی چاہتا تھا۔وہ بہت

کھلا کھلا یا سا نظر آ رہا تھا تار کے جواب نے بے شک اس کو بری کر دیا تھا اس کی اس کو خوشی ہونی چاہیئے۔ مگر وہ ایک مجرم کی طرح کسی خیال سے دبا جا رہا تھا پولیس کی حراست میں ناکردہ گناہ آکر وہ اتنا کبھی اپنے کو نہیں پا رہا تھا جتنا گناہ کر کے اور پولیس سے رہا ہو کر اس وقت ہو رہا تھا۔

ذاکر فی الحقیقت اس وقت یہ سمجھ رہا تھا گویا یہ اس سے پہلا گناہ سرزد نہیں ہوا ہے بلکہ وہ ازلی مجرم ہے۔ بڑا بادی گناہگار ہے۔ ایک زمانہ سے ایسے کھیل کھیلتا چلا آ رہا ہے۔ دنیا کی سینکڑوں لڑکیاں اس کی آغوش تنگ میں گھسیٹی جا چکی ہیں فحاشی ہمیشہ سے اس کے پشت پناہ ہیں۔

ہم اندازہ نہیں لگا سکتے جب ایک شے اپنے محور سے ہٹ جاتی ہے تو یہ سمجھنا چاہیئے گویا اس کی نات ٹل گئی ہے جانور جب گلہ سے بچھڑ جاتا ہے انسان جب بے گھر ہو جاتا ہے ستارہ جب اپنے مقام سے ہٹ جاتا ہے اور ذرہ جب اپنے حجم سے علیحدہ ہو جاتا ہے تو اس کی کیا حالت ہوتی ہے جیسے کسی نے گردن پکڑ کر مروڑ دی ہو۔ جیسے ٹانگیں کاٹ ڈالی ہوں، جیسے اجنبی فضا نے دھن کر رکھ دیا ہو۔ ذاکر بھی اپنے مقام سے ہٹ گیا تھا۔ اس لیے اس کا بھی جذباتی پیچ وتاب سے گزرنا ناگزیر تھا۔ اب تک وہ زندگی کے زینے سے سنبھل سنبھل کر اتر رہا تھا لیکن پچھلی رات کو اندھیرے نے اس کو اتنا گھیر لیا تھا کہ نیچے کی سیڑھی کو وہ نہ دیکھ سکا اور غلط سیڑھی پر اس کا پیر جا پڑا جس نے ڈھکیل کر اس کو نیچے گرا دیا تھا۔

دن کے بارہ بج چکے تھے۔ ابر چھایا ہوا تھا شب بیدار رہا (کی) وجہ سے ذاکر کو نیند آنے لگی شام تک کوئی گاڑی نہ تھی وہ سوچ میں ڈوبا ہوا دونوں ہاتھوں سے سر پکڑے بیٹھا ہوا تھا۔ آخر احمد خاں نے کہا۔

"میاں آرام کیجئے نا... میں بستر بچھا دوں۔ آپ کو نیند کیا آئی ہوگی رات کو۔"
"شکریہ مجھے تو ایسی زیادہ نیند نہیں آرہی ہے۔ ان کو آرام سے سلا دو رات بھر سردی میں اکڑی ہیں۔" ذاکر نے راحت کے متعلق کہا۔ چنانچہ ننھے خاں اور احمد خاں نے اپنے پلنگ درست کئے اور اب ان کی مجرموں کی طرح نہیں بلکہ مہمانوں کی مانند تواضع ہونے لگی۔

یہ دوسری کوٹھری تھی، یہ دوسرے واقعات تھے۔ دیگر ماحول تھا اس میں آزادی نہ تھی۔ رات کو ان دونوں نے پابندی میں آزادی نکال لی تھی مگر واقعات بدلتے ہی وہ آزادی میں پابندی کے شکار ہوگئے تھے۔

"راحت" ذاکر نے آہستہ سے کہا۔

"جی" اس نے بے دلی سے کہا۔

"آجاؤں" اس نے مسکرا کر کہا۔ راحت پیشانی پر بل ڈال کر چپ ہوگئی۔

"نیند آرہی ہے"؟ اس نے پھر دریافت کیا یا تو دونوں باہر اونگ رہے تھے یا کر کوٹھری کے کھلنے دروازے کے اندر آتے ہی اور یکجا ہوتے ہی دونوں کی نیند غائب ہوگئی۔

"جی ہاں" راحت نے کہا۔

"تم نے میری درخواست کا جواب نہیں دیا" ذاکر نے کہا۔

"مجھے خوب ذلیل کر لیجئے" آخر راحت نے جل کر کہا۔

"دیکھو اب خفیف تمہاری زبان سے نکلی ہے۔ تھی نہ وہ میری ذلیل حرکت"؟

"للہ آہستہ بولئے سپاہی سن لیں گے" راحت نے خفگی سے کہا۔

"تسلیم کرتی ہو نہ تم اب تو مجھے ذلیل" ذاکر نے اس کی تنبیہ کی پروا نہ کرتے ہوئے پھر دریافت کیا۔

"ذلیل آپ نہیں ہیں میں ہوں۔ آپ تو ماشاء اللہ بہت بڑے آدمی ہیں مجھ جیسی مخلوق تو پیدا ہی اس لیے ہوئی ہے کہ آپ کے کام آئے آپ کو خدا نے دولت دی ہے۔ اقتدار دیا ہے نام دیا ہے عزت دی ہے اور ہم جیسے انسانوں کو اپنے مصرف میں لانے کی قدرت دی ہے۔" راحت نے کہا، اس کی آنکھیں نم ناک ہوگئیں۔

"اچھا یہ بات ہے روٹھ گئیں تب ہی ہمیں صلواتیں سنا رہی ہو۔ مگر تم مجھ پر طنز کرنے میں حق بجانب ہو راحت میں پہلے ہی اپنے کو بہت پست محسوس کر رہا ہوں میرا اپنے متعلق اندازہ غلط نہ تھا کہ پہلے گناہ کے بعد بے باک ہو کر دوسری بار ارتکاب جرم کرنے کی نیت سے شاید ہی اپنے کو بچا سکوں دیکھو اس وقت تم کو پھر اپنے ساتھ تنہا دیکھ کر میرا ایک بار کا لغزش خوردہ نفس پھر بار دیگر مجھے آمادہ لغزش کر رہا ہے اس سے تم خود فیصلہ کر لو کہ آئندہ سے میری خلوت کتنی گندی اور ہر عورت کے لیے کس قدر خطرناک بن گئی ہے۔"

"خدا کے واسطے اپنی سمجھ میں نہ آنے والی باتوں سے اب مجھے زیادہ بے وقوف نہ بنائیے۔" راحت نے کہا۔

دیوانی لڑکی اپنے کو فریب دینے میں کس قدر لطف محسوس کرتی ہے مجھے ذلیل جانتے ہوئے بھی اپنی امید کی دنیا کو تاراج دیکھنا پسند نہیں کرتی۔"

"نہیں ڈاکٹر صاحب میں بہت دیر پہلے اپنی امید کی دنیا کو تاراج کر چکی ہوں آپ نے وہی کیا ہے جو آپ کی پوزیشن کے انسان کو کرنا چاہیئے حماقت میری تھی کہ میں اپنے کو آپ کی بن بیاہی دلہن سمجھنے لگی تھی خدا آپ کا بھلا کرے کہ آپ نے بروقت میری اندھی آنکھوں کو نور بخش دیا اور میں نے ایک غلط منزل پر اپنا صحیح مقام دیکھ لیا۔" راحت نے کہا۔

ذاکر تکیئے سے سر اٹھا کر راحت کو دیکھنے لگا۔ راحت کی خوبصورت آنکھوں میں آنسو تھے
"راحت! تم نے مجھے مار ڈالا اس وقت تم زندگی کے ہیر پھیر اور داؤں پیچ کو نہیں
سمجھتیں نہیں کس طرح سمجھاؤں کہ میں اب ایک اس روزہ دار کی مانند ہوگیا ہوں جو
چھپ کر روزہ توڑ لینے میں کوئی گناہ نہیں سمجھتا اور باہر اپنے کو روزہ دار مشہور کرنے
میں بیباک ہوگیا ہے حتےٰ کہ خدا سے بھی بےخوف ہوگیا۔ کیا تم میری ایسی جھوٹی زندگی
کا خدا بن کر میرے اس قسم کے روزے قبول کرلوگی؟" ذاکر نے دریافت کیا۔
یہ اصول دینداری اور آئین پاکبازی کا عجیب وغریب تخیل تھا دنیا میں نوے
فی صدی سے زیادہ ایسے افراد موجود ہوں گے جو آزادی سے گناہ کرتے ہیں وہ
اسقدر شاقی و کثرت سے کرتے ہیں کہ احساس جرم تک کی صلاحیت سے عاری ہوچکے
ہیں، جن کی عبادت، جن کا خلوص، جن کی ذہانت اور صداقت دماغی ہر شخص کی
نگاہ میں معتبر و مقبول ہے اور وہ خود جب کوئی جرم و گناہ کرتے ہیں تو اس کو بھی
اپنے مخلصانہ و عابدانہ مصلے کے نیچے سے نکلا ہوا مقدس تحفہ سمجھتے ہیں ذاکر لیکن
بہت برہنہ تھا اور ہر شئے کو بالکل برہنہ کرکے دیکھنے کا عادی تھا اس برہنگی میں
وہ ان تمام چیزوں کو دیکھ جاتا تھا جو مصالح اصول پرستی طاری کئے ہوئے
وقار اور پھیلائی ہوئی عزت کی چادر کے نیچے چھپی ہوئی ہیں
"دنیا میں نئی زندگی کی شمع کو آپ لے کر نکلے ہیں مجھے یہ تو بتائیے اس سے کتنے
بام و در روشن ہیں آپ مجھے کیوں بنائے جارہے ہیں میں کہہ تو چکی مجھے آپ سے کوئی
شکایت نہیں اور اپنی تمنا کی غلطی کا بھی اعتراف کرچکی ہوں پھر آپ مجھ سے کیا
چاہتے ہیں خواہ مخواہ بھول بھلیاں کی طرف گھسیٹے جارہے ہیں لائیے میں آپ کو
لکھ کر دیئے دیتی ہوں کہیں یہ ظاہر نہ کروں گی کہ ہماری زندگی کے خطوط مستقیم کبھی
ایک نقطہ پر آکر مل گئے تھے۔" راحت نے کہا۔

"تمہاری کوئی تحریر نہ تمہارے لیے اور نہ میرے لیے سود مند ہو سکتی ہے۔ ہاں میری تحریر تمہاری مٹی ہوئی زندگی میں رنگ بھر سکتی ہے۔ اس لیے لاؤ میں تم کو ایک تحریر دیتا ہوں۔" ذاکر نے کہا۔ اور فوراً جیب سے نوٹ بک نکال کر کچھ لکھنے لگا۔ چند منٹ بعد راحت کو پڑھ کر سنایا۔

"میں ذاکر احمد ولد فیض احمد ساکنہ اٹاوہ بہ ثبت عقل و حواس تحریر کرتا ہوں کہ راحت میری غیر شرعی بیوی ہے۔ اگر آج تاریخ ___ سے مقررہ قدرتی مدت میں راحت کے بطن سے کوئی بچہ ہوا تو وہ میرے ہی صلب سے ہوگا اس کے بعد اگر راحت مجھ سے بدکردار اور آئندہ کے لیے بھٹکے ہوئے انسان کو مع میرے تمام معائب کے قبول کرنا پسند کرے گی تو اس کو زوجیت میں قبول کرنے میں میرے خاندان کا اعزاز نسلی تفاخر گھر کا ماحول اور باہر کی عزت مانع نہ ہوگی۔ واقعات سے میرے قبضہ میں آئی ہوئی راحت سے میں اس وقت عقد یوں نہیں کر رہا ہوں کہ وہ حادثہ کی ماری ہوئی مجھے پڑی مل گئی ہے۔ اس لیے ممکن ہے کہ اس سے چھٹکارا پا کر اس کو بہتر آدمی مل جائے۔"

اس کے بعد ذاکر نے دستخط کر کے کاغذ راحت کو دے دیا راحت نے لینے سے انکار کیا مگر ذاکر نے اصرار سے کہا۔ "رکھ لے احمق لڑکی انسان کا دماغ پھرتے دیر نہیں لگتی ممکن ہے میں بہت بڑا آدمی ہو کر بے حد مغرور ہو جاؤں اس لیے چاہتا ہوں کہ تو میرے لیے موسیٰ بنی رہے۔"

راحت نے بے پروائی سے کاغذ لے لیا۔

"ذاکر صاحب آپ کی دلہن کیسی ہے؟" راحت نے فضا کو ہموار کرنے کی نیت سے کہا۔

"تیری دلہن! کہاں ہے وہ؟" ذاکر نے حیرت سے دریافت کیا۔

"مجھے کیا معلوم مکان پر ہی ہوگی آپ کے یہ وہی تو آپ کو چکر دے رہی ہے کہ کبھی گرانڈیل فلسفہ سے مجھے کچل رہے ہیں!" راحت نے افسردہ مسکراہٹ سے کہا۔

"خوب! بدگمان لڑکی سمجھ میں نہیں آتا کہ میں کس طرح اپنا دل چیر کر تمہیں بتاؤں میرے سینے میں تمہارے لیے رنج، رحم اور ہمدردی کے جذبات مچل رہے ہیں۔ اور تم ان کا مذاق اڑا رہی ہو" ذاکر نے کہا۔

وہ شاید لاعلم نہ تھا کہ ان جذبات میں سے وہ صرف محبت پر مرتی ہے جو اب تک ذاکر کی زبان سے نکلی بھی نہ تھی رات ذاکر کے سرد ہمدردانہ اطوار کے باوجود اس سے نفرت کرنے میں کامیاب نہیں ہوئی تھی۔ اب تک اس کا دل نرم نرم تازہ محبت سے سرشار تھا۔ ذاکر تو بھی میرے لیے رحمان درزی سے کچھ کم ثابت نہیں ہوا مگر ظالم تو نے میرے دل پر ہاتھ رکھ کر مجھے خراب کیا ہے تم سب مرد اپنی غرض میں مشترک ہو۔ سانپ سب سانپ ہیں مگر بعض ان میں سے کیسے خوش رنگ ہوتے ہیں۔ کیا ذاکر بھی سانپ تھا اس خیال سے اس نے اس کی طرف گھبرا کر دیکھا وہ صبح سے اثرات ندامت سے دبا ہوا بھگت سا نظر آرہا تھا شاید اس کی کچلیوں میں زہر نہیں ہے مگر ہے تو سانپ اس نے پھر دل میں کہا۔

"ذاکر کیا آپ کسی بہت حسین لڑکی سے محبت کرتے ہیں؟" آخر اس نے دریافت کیا

ذاکر چونک اٹھا اور اپنے ٹن میں آخری سگریٹ سے جو تھی سگریٹ جلا کر بولا محبت اچھی چیز ہے۔ مگر وہ میری خالی زندگی میں اب تک رونما نہیں ہوئی شاید میں کسی ایسی لڑکی سے محبت کر سکوں یا کرنے لگا ہوں جو تمہارے استعمال کئے ہوئے لفظ کے مطابق بہت حسین تو نہیں ہے مگر کافی دیدہ زیب ہے منی منی سی ملائم ملائم سی کبھی بھولی بھالی اور کبھی سوچ کر نشتر چلانے والی۔"

وہ کون لڑکی ہے راحت نے دل میں سوچا۔ اس کا شک اپنی ذات پر گیا اسکا جی
یقین کر لینے کو مچلنے لگا مگر کون کہہ سکتا تھا کہ یکجائی کی دھنی ہوئی روئی سے ذاکر
تاگہ نکالنے کی کوشش نہیں کر رہا تھا کچا کچا سا کمزور تاگا، مگر ذاکر کے الفاظ سے
اس کا دل مسرور ہونے سے باز نہ رہ سکا۔

ذاکر نے پھر کہا: "راحت! تم پیار کے قابل لڑکی ہو۔ آم کی گٹھلی نہیں ہو۔
لیکن اب تک تم کو کوئی صحیح معنی میں محبت کرنے والا انسان نہ مل سکا۔۔۔ نہ معلوم ابھی
کب تک تم کو اس کا انتظار کرنا پڑے گا"

خوب! تو گویا آپ مجھے پیار کے قابل سمجھتے ہوئے بھی مغالطہ دینا چاہتے ہیں کہ
کسی صحیح مرد کا انتظار کیا جائے کیا ذاکر صحیح مرد نہیں ہے کیا وہ ایک لغزش سے اپنے
کو اتنا پست سمجھنے لگا ہے کہ ہر وہ ہستی جس کے اندر عورت بیدار ہو اس سے اونچی
ہے۔ ذاکر اگر یہ بات ہے تو میں تمہیں چاہتی ہوں نہ تمہاری پستی اور کردار کی آئندہ
گراوٹ کے تم کو چاہتی ہوں۔ ہم دونوں زخمی ہیں۔ ہم دونوں تھکے ہیں" راحت نے دل میں
کہا، اور محبت سے اپنا ملائم ہاتھ ذاکر کے بازو پر رکھ دیا ذاکر نے اس کے ہاتھ کو چوم لیا۔

راحت یہ اپنی یکجائی کی آخری ہچکی ہے اس کے بعد اپنی راہیں پھٹ جائیں گی تم
اپنے مکان پر جاؤ گی ظلم سہنے میں اپنے مکان پر پہنچوں گا ظلم کرنے ہاں میری برہنگی سے میرے
اعزا میرے والدین، سوسائٹی کے قوانین، مروجہ مذہب کی رسمیں سب چیخ اٹھیں گی یہ
سب کچھ ان کو ظلم نظر آئے گا حالانکہ یہ میری انتہائی مظلومیت ہوگی جب میں انتہا درجہ
کا مظلوم بن چکوں گا تو اس وقت تک اگر تم اپنی زمین نہ بدل چکی ہو گی تو میں تمہیں زندگی
کی راہ میں سے کہیں نہ کہیں کرید کرید کر نکال لوں گا" ذاکر نے کہا۔

اب اس نے سیدھی سیدھی بات کہی تھی۔ راحت نے سوچا وہ ابھی اس کو قبول کرنے
کو تیار نہیں ہے جس کی وجہ حالت اس نے ظالم و مظلوم نہ معلوم کیا ہولے یا بننے کی ظاہر کی

ہیں یہ چیز اس کی سمجھ سے باہر تھی چنانچہ وہ اس کے اس وعدہ پر آئندہ آلام کے لیے شاکر ہو گئی۔

پانچ بجے گاڑی آ گئی ذاکر راحت کو کانپور کے قریب تک چھوڑ آیا اور جدا ہوتے وقت اس نے باصرار پچاس روپے راحت کو دے دیئے روپیہ قبول کر لینے کے بعد راحت کے دل میں پہلی دفعہ حقیقت سمجھانے والا یہ شعلہ اٹھا کہ اس نے اپنی قیمت پالی، اپنا معاوضہ وصول کر لیا۔ اب اس کا ذاکر پر کوئی حق نہ رہا اور یہ کہ تجارت بری نہیں ہے ایک رات کے پچاس روپے آنے والی بے شمار جوانی کی راتوں کی اچھی خاصی اجرت ہے طوائف کسی نے اس کے دل کو جھنجھوڑ کر کہا۔ وہ بے دم سی ہو گئی۔

ادھر ذاکر نے جب تک جرم نہیں کیا تھا اس وقت تک پولیس اس کو اپنی حراست میں گانٹھے رہی لیکن رات کو جب وہ ارتکاب گناہ کر چکا تو اسی سوسائٹی اور حکومت کے سنگین قانون نے بہ حالت جرم بے گناہ قرار دے کر رہا کر دیا۔ انصاف قانون آداب ہر شے یہاں طوائف ہے۔ پوری سوسائٹی طوائف زدہ پورا سماج برہنہ ہے۔

آٹھواں باب

ذاکر کا نظام حیات تبدیل ہو گیا تھا۔ اس کو معلوم تھا کہ گناہ اس قدر لذیذ ہوتا ہے اور انسان کو اس قدر سبک سر بناد یتا ہے اس کی فطرت کا ایک پردہ اٹھ چکا تھا۔

اب چاہتا تھا کہ آدمی کے چلن پر جس قدر بناوٹ، تکلف کے بھاری پردے پڑے ہوئے ہیں ان کو نوچ پھینکے ہر شے کو اسی رنگ میں دیکھے جس رنگ میں قدرت نے اس کو گڑھ کر زمین پر پھینکا ہے بہت سے مقامات پر فطرت جیسی ہے اسی رنگ میں پھیلی ہوئی تھی۔ اس کو وہ نہیں چھیڑے گا۔ کیونکہ نہ اس کو انسانیت سے بیر تھا نہ

فطرت سے مگر جہاں وہ مسخ ہو گئی ہے یا کر دی گئی ہے وہاں اس کو ننگا کر دینے کی ضرورت تھی یہ برہنگی یہ فرسودگی یہ پرانا پن خلقت کی عمارت میں لونی کا کام کر رہا ہے جو نیو کو چاٹ چاٹ کر نیچے گرائے جا رہا ہے اور وہ دن دور نہیں کہ پوری کی پوری عمارت زمین پر آ رہے۔ قوم کے لیڈر اٹھتے ہیں اور اس عمارت پر چونے کا ایک چھپکا لگا کر مطمئن ہو جاتے ہیں کہ اب عمارت نہیں گرے گی۔ اصلاحی سوسائٹیاں اٹھتی ہیں اور فقط طاقچوں کی مرمت کر کے بیٹھ جاتی ہیں۔ مذہب آتے ہیں اور محض چھتوں پر پلاستر پھیلاتے ہوئے نکل جاتے ہیں سیاست ٹیکتی ہے اور تنہا موریوں کی صفائی کرتی گزر جاتی ہے لیکن ہلکا سا خارجی حوادث کا زلزلہ آتا ہے تو پوری کی پوری عمارت شق ہونے لگتی ہے اندرونی دھما چوکڑی سے اس کی دیواریں گر پڑتی ہیں اور بیرونی شور و شغب سے تمام عمارت خطرہ میں پڑ جاتی ہے۔

ہر مدعی اصلاح مذہبی خواہ آدمیت مسیحیت کی طرف تو دوڑا چلا جاتا ہے سیاسی پلیٹ فارم پر سے تو امن عامہ کے لیے گلا پھاڑ پھاڑ کر چیختا ہے مگر انسانیت پر کی جمی ہوئی گھناؤنی اور دبیز کائی کو کھرچنے کی کوشش نہیں کرتا کیوں کرے ایسی کوشش اس میں مہاتمائی کہاں ہے اس میں قیادت کب ہے اس میں ڈکٹیٹرشپ کی چاشنی کہاں ہے اس میں قوموں کے ضمیر و ایمان خرید لینے کے مواقع کب ہیں اس میں خون کی ندیوں سے پیاس بجھانے کے مواقع کہاں ہیں اس میں سرمایہ پر لاسہ لگا کر اس طرح پھینکنے کے امکانات کہاں ہیں کہ مخلوق کے گھروں میں سے ایک ایک پائی چپکی ہوئی لپٹی ہوئی چلی آئے آدمی کے لیے محض نجات کی خاطر کام کرنا تو نری مزدوری ہے ننگے کہیں کے۔

جب ذاکر علی گڑھ پہنچا تو اس نے وہاں تمام نظام حسب دستور سابق چلتا دیکھا ہر جگہ کا نظام بدستور چل رہا تھا چلایا جا رہا تھا۔ اس نے کسی کو نہیں چھیڑا۔ اپنے خیالات کی ادھیڑ بن میں لگا رہا۔

آئندہ ماہ کالج میں ایک زبردست ڈبیٹ ہونے والی تھی جس میں باہر کے دوسرے کالجوں کے بڑے قابل اور اچھے اچھے بولنے والے شریک ہونے والے تھے موضوع زیر بحث تھا۔

"اس ایوان کی رائے میں جرم و گناہ کا اثر سوسائٹی کے لیے تباہ کن نہیں ہے۔"

دوسرے ہفتہ ڈبیٹ کا پریسیڈنٹ مختار حسین جو خود بھی لاجواب بولنے والا تھا ذاکر کے کمرے میں آیا اور بولا۔

"ذاکر اچھا ہوا کہ تم آگئے ڈبیٹ میں شریک ہو جاؤ گے سنا تھا کہ تم رخصت لیے ہوئے ہو بڑی کمی محسوس کی جا رہی تھی تمہاری۔"

"مضمون کیا ہے؟" ذاکر نے دریافت کیا مختار نے اس کو موضوع بتایا۔

"کس طرف بولو گے؟"

"ابھی فیصلہ کرنا دشوار ہے۔" ذاکر نے کہا۔

"امید تو یہی کرنا چاہیئے کہ ایوان کا ساتھ دو گے کیونکہ دولت مند باپ کے بیٹے ہر گناہ کو زیادہ وزنی چیز نہ سمجھتے ہوں گے۔" مختار نے کہا۔

"مجھے خطرہ ہے کہ میں شاید ایوان کے خلاف جاؤں گا۔" ذاکر نے کہا۔

"تعجب ہوگا سب کو گناہ ایک انفرادی چیز ہے۔ اور فرد اپنے فعل میں آزاد۔" مختار نے کہا۔

"یعنی تم مباحثہ کی ابتدا میرے ہی کمرے سے کر دینا چاہتے ہو۔" ذاکر نے ہنس کر کہا۔ مختار بھی ہنس دیا۔

"گناہ تو میرے دوست اس قدر وزنی چیز ہے کہ وہ سوسائٹی کی ریڑھ کی ہڈی توڑ ڈالتا ہے۔" ذاکر نے پھر کہا۔

"خیر مجھے ابھی سے متاثر کرنے کی ضرورت نہیں۔ وقت آنے دو۔" مختار نے کہا۔

"میں یہ چاہتا تھا ذاکر کہ لڑکیوں کو بھی بولنے کا موقع دیا جاتا" مختار نے پھر کہا۔

"ہاں گناہ کا حقیقی لطف تو انہی کے ساتھ ہے" ذاکر نے ہنس کر کہا۔ دونوں نے قہقہہ لگایا۔

"اس قسم کے جلسے تو مشترکہ و مخلوط ہی ہونے چاہئیں" مختار نے کہا۔

"اس قسم کے جلسوں پر کیا موقوف ہے عورت جب مرد کی نصف بہتر ہے تو اس کو ہر جگہ ہمارے ساتھ ہونا چاہیے" ذاکر نے کہا۔

"اچھا یہاں تک پہنچ گئے مگر نصف بہتر کا لقب تو وہ شادی کے بعد حاصل کرتی ہے" مختار نے کہا۔

اصل شادی تو مرد و عورت کی باہمی رفاقت ہے۔

"میں یہ چاہتا ہوں ذاکر کہ ڈبیٹ میں ہم جس موضوع پر بولیں خلوص کے ساتھ بولا کریں محض الفاظ سے نہ کھیلا جائے جیسا کہ عام بولنے والے کرتے ہیں" مختار نے کہا۔

"ٹھیک کہتے ہو مگر مشکل یہ ہے کہ بہت سے لوگ بحث میں صرف داد تقریر کا خیال رکھتے ہیں چند دلیلیں بھی پیش کرتے ہیں مگر وہ دلیلیں یا تو خانہ ساز قسم کی ہوتی ہیں یا شکوہ براہین پر مبنی یعنی ان میں دلیل کی سی جان نہیں ہوتی پھر شکست خوردہ جماعت یہ سمجھی ہے گویا اس کے ہاتھ سے سلطنت چلی گئی میرے خیال میں تو موضوع زیر بحث کو بقول تمہارے خلوص اور دیانت سے بحث میں اس قدر گھنگول ڈالنا چاہیے کہ مخالف جماعت کی بھی تسکین ہو جائے۔ اکثر ہماری ڈبیٹ میں موضوع تشنہ رہ جاتا ہے دیکھا جائے تو مجلس مذاکرۂ علمیہ قوم کے لیے آئندہ مقرر قائد اور خدمت گزار افراد پیدا کرنے کا مشن رکھتی ہے۔ مگر اس طرف ہم توجہ کم دیتے ہیں اور گرماگرمی کی طرف زیادہ" ذاکر نے کہا۔

"ہاں جماعتوں کی حالت بڑی اصلاح طلب ہے ـــ"

"میں تو چاہتا ہوں کہ جماعتوں کو چھوا ہی نہ جائے۔" ذاکر نے مختار کا قطع کلام کرتے ہوئے کہا۔ "کیونکہ جماعتیں حسن تعلق نہیں رکھتیں افراد کو پکڑنا چاہیئے۔ اگر افراد حسب منشا بنا لیے گئے تو ان کو اپنی مرضی کی جماعت میں منسلک کر کے کام نکالا جا سکتا ہے۔"

"تمہارا خیال اپنی جگہ پر درست ہو سکتا ہے مگر میں پہلے جماعتوں سے اپیل کرنے کا حامی ہوں۔ خیر چھوڑو اس مبحث کو سنا ہے کہ تمہارے والد صاحب "سر" ہو کر وائسرائے کی کونسل کے ممبر ہونے والے ہیں۔" مختار نے کہا۔

"سنا میں نے بھی ہے۔ شیطان کے کان بہرے۔" ذاکر نے مسکرا کر کہا۔

"خوب اس خوش خبری پر بھی تم غریب شیطان کو بہرا بنانا چاہتے ہو۔" مختار ہنس کر بولا۔

"مختار! یہ تمام اعزاز، پوزیشن، دولت کی مسکراہٹیں، تنہائی میں عورتوں سے ملاقاتیں یہ سب کچھ شیطان ہی کا رقص ہیں۔" ذاکر نے کہا۔

وہ کچھ اور کہنے والا تھا۔ مگر ضبط کر گیا۔ اس سوسائٹی میں ابھی اپنے کو عریاں نہیں کرنا چاہیئے پہلے دوسروں کی عباؤں کو تو ناپ لوں کہ کتنی لمبی ہیں اور کس حد تک ان کی ستر پوشی کر رہی ہیں۔ اس نے سوچا۔

"اچھا بھائی جانے دیجیے ابھی تو ڈبیٹ کو ڈیڑھ مہینہ پڑا ہے۔ ابھی سے سر کھپانے سے کیا فائدہ تیاری کی جائے گی۔ لطف لڑکیوں کا بھی اجتماع ہوگا مختلف کالجوں سے آئیں گی۔ اگرچہ بولیں گی نہیں مگر ہال میں موجود تو ہوں گی۔" مختار نے جانے کے لیے اٹھ کر کہا۔

دیکھو یوں پڑ لگتی ہے ڈبیٹ کی یوں ناس ہونا ہے۔ بحث کا تم جیسا اچھا اسپیکر بھی لڑکیوں کی آمد سے اس لیے خوش ہو رہا ہے کہ ان کے نازک دلوں پر قطع نظر ڈبیٹ کی خاطر کرنے کے اپنی قابلیت کا سکہ بٹھلانے کا آرزومند ہے تاکہ ان میں سے ایک دو کی

حسین ذات میں تم مقبول ہو جاؤ۔ پسند کر لیے جاؤ۔" ذاکر نے ہنس کر کہا۔ مختار بھی ہنس پڑا۔ "تم بہت شریر ہو۔" اس نے کہا اور چلا گیا۔

ذاکر کے والد فیض احمد صاحب کے گھر میں بڑی شدت سے مروج مذہب چل رہا تھا ہمارا آپ کا بھی تو علیحدہ مذہب ہے اسلام، ہندویت، عیسائیت وغیرہ تو ہمارے تعارفی نشانات ہیں ہم دس کروڑ مسلمان ہم تیس کروڑ ہندو وغیرہ کہتے ہیں کہ ہم مسلمان ہیں ہم ہندو ہیں مسلم برادری سے تعلق رکھتے ہیں، ہندو سماج سے متعلق ہیں مگر دراصل ہم میں سے ہر فرد کا الگ الگ مذہب ہے جس جماعت سے میں متعلق ہوں اس کا دین کہتا ہے کہ گناہ شدید جرم ہے مگر میں اس دین کا پیرو ہو کر بھی اس کا قائل نہیں اور میری جماعت کے بقیہ نو کروڑ ننانوے لاکھ، ننانوے ہزار نو سو ننانوے افراد بھی اس کے قائل نہیں یعنی اس کی خلاف ورزی کرتے ہیں یہی کیفیت بقیہ تیس کروڑ افراد والی جماعت کی ہے اپنے تعارفی مذہب کے اصول و احکام کے باوجود ہم میں سے ہر شخص نے اپنا ایک پرائیویٹ نہیں بلکہ عملی و حیاتی مذہب بنا رکھا ہے۔ میں چوری کرتا ہوں دل آزادی کرتا ہوں زنا کرتا ہوں، فریب و دجل کرتا ہوں اور اپنی ذات کا خیال مقدم رکھ کر دوسروں کے لیے کبھی کچھ کرنے کی کوشش کرتا ہوں یہ میرا مذہب ہے ہم میں سے تقریباً ہر شخص کا یہی مذہب ہے۔

اسی طرح کانگریس، مسلم لیگ، ریڈیکل ڈیماکریٹک پارٹی اور کیمونزم وغیرہ ہماری جماعتی سیاستیں ہیں مگر یہاں بھی ہم میں سے ہر شخص کی سیاست الگ۔ الگ ہے اس کا ثبوت یہ ہے کہ ہم نے اس دور ابتلا میں اس مہیب جنگ کی آتشیں لپٹوں میں وہ وہ کمال دکھائے ہیں کہ ہندوستان کی آئندہ قومی تاریخ میں وہ انسان کے خون سے لکھے جائیں گے اور لطف یہ ہے کہ ہم جنگ سے دور تھے مگر ہم نے اپنے دیس میں خباثت بدامنی، نفس پرستی بے ایمانی، ایمان کی چوری، اجناس کی چوری، معاش کی

پوری ضمیر کی چوری اور انسان کشی کے مناظر و افعال کا اتنا اونچا انبار لگا دیا ہے کہ ایوریسٹ کی چوٹی بھی شرم سے زمین میں دھنس گئی۔

لینن گراڈ والوں نے دشمن کے محاصرہ کے زمانہ میں شہری حقوق ادا کرکے انسانیت کو سرخرو کردیا۔ رؤسا و امراء ملک التجار، نازک دماغ شاعر اور لطیف الخیال ادباء غیور جرنلسٹ اور باوقار ایڈیٹر، حکومت کے خطاب یافتہ معزز ترین لوگ اور کارخانوں کے ذی دولت مالک، مزدور، چمار، بھنگی، چوہڑے سب ایک صف میں آملے شہر کی گندگی سے لپٹ پڑنے والی وبا کی سرکوبی کو سب نے پھاوڑے، کدال، جھاڑو، ٹوکریاں سنبھال لیں۔ اور سب مل کر اس طرح شہر کی صفائی پر پل پڑے جیسے ایک صفائی پسند گرہست عورت اپنے گھر میں محنت سے جھاڑو دے رہی ہے شبانہ روز کی عرق ریزی فاقے کرکے راتوں کی نیند حرام کرکے چند روز میں تمام شہر کو آئینہ کردیا اور بیماریوں کو نکال باہر کیا۔ اسی طرح سب نے مل کر جنگل سے لاکر ایندھن فراہم کیا تاکہ سردی کے زبردست دیو کا مقابلہ کرسکیں اور اسی طرح تمام شہریوں نے باہم متحد ہوکر بلا اس تخصیص کے کہ یہ بڑا آدمی ہے یہ آقا ہے یہ مالک ہے یہ اجیر ہے یہ مزدور ہے جس کے پاس کھانے کو نہ تھا۔ باہر نکل کر دشمن کی گولیوں کا شکار ہو کر ہر فاقہ زدہ اور ضرورت مند کے لیے خوراک مہیا کی، زندہ باد لینن گراڈ کے حقیقی انسانوں!

اس کے برعکس ہمارے تینتیس کروڑ فخر آدمیت انسانوں نے کیا کیا جگمگاتی منڈیوں میں دھول اڑادی لہلہاتے کھیتوں میں گدھے کا ہل چلا دیا تندرست شہروں میں قصبوں میں، گاؤں میں سے اجناس کا ایک ایک دانہ چرایا اس کو زمین میں اتنا گہرا دفن کر دیا کہ ناچ کھاد بن گیا مگر انسان کے منھ نہ پڑنے دیا پھر یہ انسان فاقوں سے مرے ان کی لاشوں سے بے کسی کی بد بوئیں اٹھیں اور وبا بن کر دوسرے انسانوں سے لپٹ کر ان کو بھی اپنے برابر سڑکوں راہوں، گلی کوچوں میں لاش بنا کر لٹا لیا بیدرد

سرمایہ فارش سے مس نہ ہوا۔ سفاک امیر کی ابرو پر بل نہ آیا۔ ظاہر تاجر کے دل میں ذرا رحم نہ پیدا ہوا اس نے بلکہ ڈائنوں کی طرح بھوک اور فاقوں سے بھٹکتی ہوئی جوانیوں کو دور سے ٹکہ دکھا کر اپنی خلوت میں گھسیٹا اور شیطان کی آخری حجت پوری کر دی اس نے یہ شہری حقوق ادا کئے، اس نے یہ جذبات وطن پرستی ادا کئے اس نے اس طرح مذہب پرستی اور دھرم ماتما ہونے کی داد دی۔ اس نے ناقوس کے شور اور آرتی کی شنائش سے دیوتاؤں کو ہلا ہلا ڈالا۔ ان کو صدہا قسم کے بھوگ دے کر اپنی عقیدت سے مالا مال کر دیا مگر اس نے ایک انسان کے بچہ کے منہ میں کھیل ڈال کر ناج کا زہر اس کے جسم میں پھیلانا گوارا نہ کیا۔ اس نے طوطے کی طرح قرآن پڑھ کر اور مرغ کی طرح اذان دے کر جنت میں اپنے لیے قصر کی تعمیر کا ٹھیکہ لے لیا ہے۔ وہ بے گھر ہی وہ ننگی مخلوق جس کا حقیر نام انسان ہے پناہ کے لیے سردی مینہ اور چلچلاتی دھوپ سے بچنے کو اس سے ایک جھونپڑے کا تنکا حاصل کرنے میں کامیاب نہ ہوئی زندہ باد ہندوستان!

مقصد کہنے کا یہ تھا کہ ذاکر کے والد فیض صاحب کے گھر میں بھی ان کے گھر کا اپنا مذہب چل رہا تھا وہاں اس مذہب کی خلاف ورزی اس بات میں سمجھی جاتی تھی کہ کسی مد میں بڑا چندہ دیا گیا تو اس کی خبر اخبار میں کیوں نہ آئی کسی سائل کو کچھ دیا گیا تو پچاس آنکھوں کے سامنے کیوں نہ دیا گیا وہاں غیرت اس میں سمجھی جاتی تھی کہ پیٹ بھروں کو پارٹی میں بلا کر ان کے سامنے معمولی بسکٹ پیڑی حلوے اور مٹھائیاں رکھی جائیں گورنر کو دعوت دے کر اچھی قسم کی شراب سے تواضع نہ کی جائے اس میں کوئی غیرت کا سوال نہ تھا کہ ہمسایہ گی نہیں مل رہا ہے رشتہ دار صلہ رحمی نہیں پا رہا ہے عید کو اس کا حق نہیں پہنچ سکا ہے۔

ذاکر مدت سے اسی ماحول میں سانس لے رہا تھا اور شاید اپنی زندگی کی تعمیر

بھی اپنی دیلاروں پر سے کر دیتا جو اس کے والد چھوڑ کر مقررہ وقت پر جانے والے تھے مگر ایک پرصعوبت، مبارک سیاہ اور گناہ چکیدہ رات نے اس کو پہلے لذت جرم و گناہ سے آشناہ کیا۔ اس کے بعد آگاہی لذت فطرت کی سطح پر تیل کی طرح تیرنے لگی پانی گدلا نہ ہوا بلکہ نھر گیا مٹی تہ نشین ہو گئی گناہ کا تلاطم یہی کرتا ہے۔ ایک دفعہ تو تہ کی مٹی تک اوپر آجاتی ہے۔ اب جو اس ناپاک پانی کو پی گیا۔ وہ شیطان کی طرح ابدی گناہ گار بن گیا اور جس نے گرد جم جانے کا انتظار کیا وہ نہ صرف اپنی پیاس بجھا گیا بلکہ تہ آب کے اسرار کو بھی پڑھ گیا شفاف سطح تلاطم کے بعد ہی حاصل ہوتی ہے۔ اصول اور سیرت گناہ فہمی کے بعد ہی بنتی ہے۔ اس سے گناہ کی عظمت کسی طرح ثابت نہیں ہوتی اگر ایک شخص فضا کے ڈھیر پر چڑھ کر کسی پاک اونچی منزل پر پہنچتا ہے تو تقلیداً ہر طارم عالی کے کوشاں کو فضا کے تودے ہی تلاش نہیں کرنے چاہئیں ہزاروں انسان جنھوں نے اپنی زندگی کی ابتدا گناہ سے کی ہے ہمیشہ کے لیے گناہ گار ہی بنے رہ گئے۔ ہیں پہلے ننھے ننھے سے جرم ہم سے...... سرزد ہوتے ہیں جو ظاہر میں بے ضرر معلوم ہوتے ہیں آگے جا کر یہ جرائم منتشر بادلوں کے ٹکڑوں کی طرح مل کر ایک حجم اختیار کر لیتے ہیں اور پھر تیرہ و تاریک گھٹا بن جاتے ہیں جس میں کی ٹپکی ہوئی ایک بوند انسانی بستیوں کے لیے ابابیل کی منقار کا سنگریزہ بن جاتی ہے۔

ذاکر کی زندگی کی نقاب کشائی سب سے بڑے گناہ سے ہوئی تھی اور اس نے عین ہنگام گناہ اس کی ثقاہت و سنجیدگی کا نہ صرف اندازہ کر لیا تھا بلکہ اس کا معترف بھی ہو گیا تھا۔ اس طرح اس کے جسم سے ایک بار جو لباس اتر چکا تھا وہ اسقدر ناپاک ہو چکا تھا کہ اس کے بعد اس نے کسی دوسرے جھوٹے لباس سے ستر پوشی کرنے پر برہنہ رہنے کو ترجیح دی تھی وہ برہنہ ہو گیا تھا اور اس وقت تک برہنہ رہنا چاہتا تھا جب تک حقیقی آدمیت کا ملبوس اس کو کسی فرم سوسائٹی یا دوکان سے نہ مل

جائے۔ مگر وہ جس کمپنی میں پہنچا جس دوکان پر گیا جس فرم کی سیڑھیوں پر چڑھا جس کارخانے میں اس نے قدم رکھا وہاں کے نہ صرف مالکوں کو کام کرنے والوں کو بلکہ تمام آنے جانے والے گاہکوں کو اس نے ان کے لباسوں میں ننگا دیکھا یوں وہ ساہوکاری کا مہاجنی کا دھرماتمائی کا اور تقدس کا جامہ پہنے ہوئے نظر آتے تھے مگر۔

دریدہ پردہ تر است آنکہ محرمے دارد

کی تصویر بنے ہوئے تھے۔ ان کے جسموں پر ایسے کپڑے تھے جو عریانی سے بھی بدتر تھے وہ قیامت کے نقش و نگار کو ساڑیوں کی چست کسی ہوئی اور دل دوز بندشوں میں سے جھانکنے کا ہوس خیز موقع دیتیا۔ وہ تنی ہوئی پتلونوں کی کذب نہانی اور وہ پھیلے پھیلے پاجاموں اور شلواروں کے ڈھیلے ڈھیلے ازار بند جن میں شہوتیں کسمساتی رہتی ہیں۔ لاکھ عریانیوں کا ایک ننگا پن ہے۔

نواں باب

ذاکر کو یہاں آئے پندرہ روز ہی گزرے ہوں گے کہ اس کو ایک دن فیض صاحب کی علالت کا تار ملا۔ ان کو نمونیہ ہو گیا تھا۔ اور حالت خراب بتائی جاتی تھی ذاکر گھبرا گیا تار دینے والے کا نام شمسہ تھا شمسہ لاہور سے کب آئی وہ آگئی اس نے دل میں سوچا۔ کیسی اچھی تھی۔ شمسہ اور کتنی خوبصورت بالکل سلولائڈ کی خوبصورت گڑیا معلوم ہوتی تھی۔ بچپن میں ذاکر نے اس کا نام سیب رکھ دیا تھا کیونکہ اس کے رخسار بالکل سیب کی مانند تھے لیکن شمسہ اس نام سے چڑنے لگی تھی۔ ذاکر نے بھی اس کا جب یہ نام تجویز کیا تھا تو اس کا مقصد توصیف حسن نہ تھا بلکہ ایک طفلانہ دماغ میں مشابہت کے سلسلہ میں یہ نام آگیا تھا لیکن جب شمسہ اس نام سے چڑنے لگی تو ذاکر کے ہاتھ ایک

چھیڑنے کے لیے اچھی چیز لگ گئی تھی۔

شمسہ کے والد ظہیر صاحب اور فیض صاحب بڑے پرانے دوست تھے ساتھ پڑھے تھے اور ساتھ بڑھے تھے۔ ظہیر صاحب پنجاب میں ایک معزز عہدے پر مامور تھے۔ دولت بھی بہت پائی تھی اور اس دولت کے بہترین مصرف کے لیے شمسہ جیسی فیشن پرست سوشیل اور زندہ دل لڑکی بھی انہوں نے پائی تھی۔

ذاکر و شمسہ کی طبیعتوں میں بڑا بعد تھا۔ ذاکر ہمیشہ اس کو تنگ کرتا تھا اس کو آزاد خیالی کا مذاق اڑاتا اس پر فقرے کستا، چھیڑتا، ستاتا اور اس کے بعد دونوں میں لڑائی ہو جاتی۔ یہ لڑائیاں جوان ہو کر بھی دونوں کو اکثر ایک دوسرے سے گریز کرنے پر مجبور کر دیتی تھیں تین سال پہلے ان کے درمیان ایک سخت معرکہ پڑ چکا تھا خط و کتابت تو پہلے بھی نہ تھی اس جنگ نے آئندہ ہر قسم کے اتصال کو دور کر دیا تھا۔ دونوں کے والدین ان نگران رازوں سے بے خبر تھے یہی وجہ تھی کہ وہ اپنی اپنی جگہ پر مطمئن تھے

تین سال بعد شمسہ اٹاوہ آئی تھی اور اپنے دل میں پچھلے غبار کو ہلکا محسوس کر رہی تھی اور یہی توقع اس کو ذاکر سے بھی تھی۔ فیض صاحب فی الحقیقت شدید بیمار نہ تھے معمولی سا بخار آ گیا تھا مگر شمسہ نے اس کو بلانے کی تدبیر نکالی تھی۔

شمسہ مجھ سے اب اور بھی زیادہ نفرت کرنے لگے گی پہلے میں اتنا برہنہ نہ تھا اب تو وہ میری عریانی پر جل اٹھے گی۔ حق تو نہیں ہے۔ ان کو مجھ سے نفرت کرنے کا کیونکہ خود بھی کافی ننگی ہے کیا عجیب بات ہے میں اس حمام یا گردجہاں میں سب کے ساتھ برہنہ ہوں مگر کوئی شخص اپنی خود کی برہنگی کو نہیں دیکھتا مجھ پر نظریں پڑنے لگی ہیں ایک وہ غریب راحت ــــ ہے جو فطرتاً ــــ فطرتاً نہ سہی حادثۃً برہنہ کر دی گئی ہے ایک شمسہ ہے جو لاکھوں لباس میں بھی ننگی کی ننگی ہے راحت کے قریب کوئی مارخانہ نہ تھا جس میں داخل ہو کر وہ اپنی اسیرت بنا سکتی۔ ہاں گھر میں تنگ سخت اور ٹیڑھے سانچے

موجود تھے۔ جن میں پھنس کر وہ اپنے خمیر کے ذرات کو از خود کسی صورت میں ترتیب نہیں دے پائی تھی۔ وہ ایک کچا مادہ تھی چنانچہ اس مادہ میں سے ٹوکری بھر مادہ چرا کر رحمان درزی نے اپنی خلوت کی تسکین کے لیے ایک گڑیا بنائی تھی اور دل بہلا لینے کے بعد اس کو راستہ میں پھینک کر چلتا بنا تھا مگر یہ گڑیا اب بھی کھیلنے کے قابل تھی ذاکر کا گزر اتفاق سے اس راہ سے ہو گیا اور اس خیال سے کہ یہ کسی کے پاس سے گری ہوئی چیز ہے مالک کو پہنچا دی جائے گی۔ اس نے اس کو اٹھا لیا تھا لیکن جس طرح بعض سنجیدہ لوگ بے خیالی میں یا کسی دوسری جانب محویت کے سلسلہ میں میز پر پڑے ہوئے چاقو، قینچی وغیرہ سے کھیلنے لگتے ہیں اور انگلی کٹ جانے یا پن چبھ جانے کے بعد اپنے بے خیالی کے شغلہ سے بیدار ہو پڑتے ہیں اسی طرح ذاکر بھی اس کھلونے سے کھیلنے لگا تھا۔ اور اس کو اس وقت ہوش آیا جب وہ اپنے کو چاقو سے موت کی حد تک زخمی کر چکا تھا۔ اور گڑیا کو چور چور۔ دونوں باتوں کا اس کو شدید افسوس ہوا خودکشی کا اور گڑیا کو کچل ڈالنے کا مگر مرنے سے قبل اس نے گڑیا کو کوئی صورت بخش جانا اپنا فرض سمجھا چنانچہ اس مادہ کو اس نے اپنے تیزی سے ٹپکتے ہوئے خون سے گوندھا اور مستقل صورت اختیار کرنے کو واپس اس کے اصل مالک کے پاس چھوڑ آیا۔ چونکہ اس مادہ میں اپنا خون شامل کر چکا تھا اس لیے قدرتاً اب اس کو اس سے دلچسپی ہو گئی تھی۔

شمسہ کی صورت میں ذاکر کا نہ تو پسینہ شامل تھا نہ خون پھر شمسہ کے مادہ کو بہترین صورت دینے کے لیے بڑے بڑے کارخانوں کے وسائل موجود تھے اپنے طور پر بھی اور اپنے نگراں افراد کی وساطت سے بھی وہ ان ذرائع سے مکمل فائدہ اٹھا کر قابل رشک پتلی بن سکتی تھی مگر وہ، وہ ہی نہ بن سکی جو یہ قیمتی کارخانے اس کو بنا سکتے تھے اس کے برعکس وہ بن گئی جس کو ہم سوتی جاگتی گڑیا کہتے ہیں۔ جس سے باپ بھی

کھیلنے میں بے حد دل چسپی لے رہا تھا۔ ماں بھی اسکی کوئی کل داب کر اس کی حرکات سے بے حد محفوظ ہوتی تھی اور دوسرے نوجوانوں کی تو وہ گویا جیسن حسب دل خواہ کھلونا تھی۔

ان فارق حالات میں ذاکر دشمسا ایک دوسرے کو جانتے چلے آرہے تھے ذاکر کو جب شمسہ کا تار ملا تو ایک دم اس کی آنکھوں کے سامنے تین سال پہلے کی شمسہ آگئی۔ کتنی ذرا سی بات پر وہ بگڑ کھڑی ہوئی تھی اور کس طرح ناراض ہو کر اس کے گھر سے نکل گئی تھی۔ وہ کھڑا کا کھڑا رہ گیا تھا۔ اور آخر میں صبر کر کے رہ گیا تھا۔ اس لڑکی سے اس کے والد اس کا رشتہ کر رہے تھے۔ وہ تو رات دن مجھ سے لڑا کرے گی۔ کوئی بات اس کی مرضی کے خلاف ہوئی اور اس نے مکان سر پر اٹھایا۔ مگر اس میں اس کا کیا قصور ہے قصور وار والدین ہیں کہ انھوں نے اس کو عورت بننا نہیں سکھایا وہ تو گڑیا ہے خوبصورت خوبصورت سی اب تو وہ بھول گئی ہوگی پچھلی لڑائی کو بھول ہی چکی ہے۔ ورنہ مجھے خود تار نہ دیتی ذاکر دل میں سوچ رہا تھا۔

صبح کی گاڑی سے ذاکر امادہ روانہ ہو گیا۔ جب وہ اس اسٹیشن پر پہنچا جہاں اس نے جیل کی ایک یادگار رات گذاری تھی نور احت کی یاد سے اس کے دل میں ایک درد سا ہونے لگا۔ اس نے ریل کی کھڑکی میں سے دور اس پر اسرار پولیس چوکی کو دیکھا جو اس طرح معصومانہ خاموش کھڑی تھی جیسے ایک بالکل بے ضرر عمارت ہے اس میں نہ کوئی سین بنتے ہیں نہ زندگیاں بگڑتی ہیں۔

اسٹیشن پر شمسہ کار لیے اس کا انتظار کر رہی تھی۔ جونہی اس کو اسٹیشن سے باہر نکلتے دیکھا فوراً موٹر سے اتر پڑی اور بڑھ کر خیر مقدم کیا۔

"تم ہو شمسہ" ذاکر نے اس کا ملائم و خوبصورت ہاتھ تھام کر مسرت سے کہا وہ کس قدر حسین نظر آرہی تھی پہلے سے بھی زیادہ دلفریب ہوگئی تھی اور اب اس کے دل کش چہرے پر رعونت وغرور کے آثار بھی نظر نہیں آرہے تھے۔

"جی نہیں میں نہیں ہوں میری روح ہے۔" شمسہ نے اٹھلا کر کہا۔

"کیا تمہارے جسم میں بھی روح ہے؟ تم تو خود نا معلوم کتنے دلوں کی روح ہو؟" ذاکر نے کہا مگر اس کو دفعتہً اپنے والد کا خیال آیا چنانچہ بیتابانہ بولا "ارے یہ بتاؤ ابا کی طبیعت کیسی ہے؟"

آؤ موٹر میں آؤ یہاں لوگ ہم کو گھور رہے ہیں۔" شمسہ نے کہا۔

جمع کا صیغہ استعمال کرنے کی ضرورت نہیں ہے تمہاری آنکھیں تو اپنا خراج حاصل کیے بغیر نہیں رہ سکتیں تم آخر اپنا تمام حسن لیے کر اسٹیشن پر کیوں آئیں؟" ذاکر نے مسکرا کر کہا۔

ذاکر تایا ابا (ذاکر کے والد) بیمار ضرور ہیں مگر ان کو خدانخواستہ نمونیہ نہیں ہے۔ یہ میری ہی ایجاد تھی۔ مجھے معلوم تھا کہ تم چند روز پہلے ہی مکان کا چکر لگا کر گئے ہو اس لیے خیال ہوا کہ تایا ابا کی معمولی سی بیماری کی خبر سن کر شاید نہ آؤ چنانچہ تمہیں بلانے کو مجھے جھوٹا تار دینا پڑا۔ بات یہ ہے کہ ہم بمبئی میں اور ابا یہاں زیادہ نہیں ٹھہریں گے سوچا کہ تم سے ملاقات ہو جائے تو اچھا ہے نا معلوم پھر کب ملنا ہو۔" شمسہ نے آتے ہی بسم اللہ کا غلط نقشہ دیکھا شمسہ نے ملتے ہی جھوٹ کا دروازہ کھول دیا۔

"شمسہ مجھے جھوٹا تار دیتے وقت تمہارے ضمیر کو کیا مطلق تکلیف نہیں ہوئی؟"

"تم نے آتے ہی وہی اپنا پرانا قصہ شروع کر دیا میری سمجھ میں نہیں آتا کہ تم اپنے ضمیر و روح کے ہاتھوں اس قدر کیوں بکے ہوئے ہو۔" شمسہ نے کہا۔

"سچ کہتی ہو ضمیر و روح ایسی قابل اعتنا چیز نہیں ہے۔" ذاکر نے افسردگی سے کہا۔ اس کو اپنا جرم یاد آ گیا۔

"خیر چھوڑو ان باتوں کو مدت میں تو تم ملے ہو۔ اچھا اب کچھ اپنے حالات سناؤ۔" ذاکر نے پھر کہا۔

"چلو اب مکان پر پہنچ کر باتیں کریں گے" شمہ نے کہا۔ دونوں موٹر میں آ بیٹھے اور روانہ ہوئے۔

فیض صاحب کی طبیعت زیادہ خراب نہ تھی ذاکر کو دیکھ کر خوش ہوئے اور متعجبانہ دریافت کیا "ارے تم آ گئے مجھے امید نہ تھی کہ میری ذراسی علالت کی خبر سنکر چلے آؤ گے۔"

"آپ کی علالت کا تار پہنچا تھا۔ مجھے اندیشہ ہوا کہ کہیں خدانخواستہ آپ کی طبیعت زیادہ خراب نہ ہو چلا آیا" ذاکر نے کہا۔

"بیٹھو بیٹی شمہ تمہارے والد ذرا بازار تک گئے ہیں" فیض صاحب نے شمہ سے کہا۔ شمہ و ذاکر بیٹھ گئے۔

تھوڑی دیر بعد ظہیر صاحب بھی آ گئے اور ذاکر کو دیکھ کر وہ بھی بہت خوش ہوئے "بہت عرصہ بعد ذاکر میاں تم سے ملنا ہوا۔ ماشاءاللہ اب تو تمہاری تندرستی اچھی نظر آتی ہے" ظہیر صاحب نے کہا۔

"جی ہاں۔ میں نے ورزش شروع کر دی ہے" ذاکر نے کہا۔

چند روز میں پہلوانی شروع کرنے والے ہیں" شمہ نے کہا۔

دنیا میں سینکڑوں قسم کے اکھاڑے کھلے ہوئے ہیں مجھے بھی ایک دن کسی اکھاڑے میں اترنا ہی پڑے گا" ذاکر نے ہنس کر کہا۔

"کون سے اکھاڑے کا انتخاب کیا ہے تم نے؟" ظہیر صاحب نے دریافت کیا۔

"کیا عرض کروں جس اکھاڑے کے قریب جاتا ہوں اس میں کذب و فریب کے کنکر بچھے ہوئے نظر آتے ہیں۔ میرا خیال ہے کہ یا تو مجھے اپنا ایک علیحدہ اکھاڑہ بنانا پڑے گا یا کنکروں کو چھپنے کے لیے میلین بن کر تمام اکھاڑوں میں پھرنا پڑے گا" ذاکر نے جواب دیا۔ ظہیر صاحب ہنسنے لگے۔

تھوڑی دیر بعد کھانے کا وقت آ گیا۔ اس سے فراغت پا کر دس بجے تک سب بیٹھے

ہوئے باتیں کرتے رہے پھر ظہیر صاحب اور شمسہ اپنے کمرے میں چلے گئے ذاکر بھی خوابگاہ میں جانے کے ارادے سے اٹھا فیض صاحب نے اس کے بلند و بالا قد اور وجیہ بشرے کو فخر و مسرت سے دیکھا۔ ذاکر ابھی دروازہ تک ہی گیا ہوگا کہ فیض صاحب نے اس کو آواز دی وہ رک گیا اور واپس اپنے والد کے پلنگ کے پاس آگیا۔

"ذاکر" فیض صاحب نے سنجیدگی سے پاس رکھی ہوئی دواؤں کو دیکھتے ہوئے کہا۔ کمرے میں وقار و دبدبہ کی فضا چھائی ہوئی تھی فیض صاحب بہت بارعب۔ انسان تھے اور اپنے سنجیدہ و وسیع مذاق کے مطابق ان کا کمرہ آراستہ تھا سادہ رنگ کے فرش پر سادہ ہی قسم کے قالین بچھے ہوئے تھے۔ وسط میں چوڑی اور ملائم شیر کی کھال بچھی ہوئی تھی جس پر شیر کا سالم سر تمکنت سے رکھا ہوا تھا۔ اور اس کی شیشے کی چمکدار آنکھیں دروازے کی جانب نگراں تھیں ایسا معلوم ہوتا تھا گویا وہ اپنے پھیلے ہوئے جسم کو سمیٹ کر اب اٹھا۔

دروازوں کے پردوں اور صوفوں کے غلاف بھورے رنگ کے تھے صوفوں میں صرف اسی حد تک ملائمت تھی جس حد تک وہ جسم کو آسودگی پہنچا سکیں ان پر بیٹھنے والا یہ محسوس نہیں کر سکتا تھا گویا راحت کی عمیق و ملائم آغوش میں دفن ہوتا چلا جا رہا ہے

"بیٹھ جاؤ۔ نیند تو نہیں آ رہی ہے؟" فیض صاحب نے کہا۔

"جی نہیں۔ میں جلد سونے کا عادی نہیں ہوں بستر پر دراز ہونے کے بعد دو تین گھنٹے تک مطالعہ کرتا رہتا ہوں۔"

"کون سی کتابیں مرغوب ہیں تم کو؟"

"بیشتر ادب اور سیاسی کتب" ذاکر نے کہا۔

"اعمالنامہ پڑھا تم نے؟ میرا خیال ہے کہ اس سے بہتر سیاسی کتاب اب تک مارکیٹ میں نہیں آئی ہوگی، فیض صاحب نے کہا۔ 'سیاسی کتاب!'

ذاکر نے دل میں کہا۔ کیا اعمال نامہ سیاسی کتاب ہے بہر نوع وہ تحمل کر لیا۔

"جی مگر میں صرف اس کی ادبی خوبیوں کا گرویدہ ہوں"۔

"اعمالنامہ ادبی کتاب!" فیض صاحب نے حیرت سے کہا۔ دونوں باپ بیٹوں کا مذاق مطالعہ کس قدر مختلف تھا۔

"جی ہاں جس میں لکھنے والے نے اپنی تمام بنیائیں دیانتداری سے ادبی کمال کے ساتھ پیش کی ہیں"۔ ذاکر نے کہا۔

ذاکر اپنے مطالعہ میں صرف زندہ اور صحیح تاثرات سے بھری ہوئی کتب سے تسکین حاصل کرتا تھا۔ اس نے بے شمار کتابیں پڑھی تھیں اور جن کتابوں میں انسانوں کی بتیائیں بول رہی تھیں وہ کبھی اس کے حافظہ سے نہ نکلیں روحانی دکھ جسمانی آلام ذہنیت کا انتشار آدمی کا سہو، خمیازہ اور ان چنگاریوں میں سے کامرانی کی چمک۔ ہر شخص ہم میں سے اسی طرح زندگی کا علیحدہ معیار رکھتا ہے یہ معیار کبھی منحرف نہیں ہو سکتے ہاں مگر ان میں سے بہت سے توڑے جا سکتے ہیں، بہت سوں کو مٹایا جا سکتا ہے اور بہت سوں کو کسی اعلیٰ معیار میں مدغم کیا جا سکتا ہے۔

"ذاکر کتابیں پڑھا کرو۔ اور ان کو سمجھا کرو۔ میں نے دنیا کی ہر چیز کو پڑھا ہے اور سمجھا ہے"۔ فیض صاحب نے تکان سے کروٹ لیتے ہوئے کہنا شروع کیا ان کی آواز میں نقاہت سے ضعف تھا مگر لہجہ میں اب بھی دبدبہ تھا یہ بلندی و آبرو سے بھرا ہوا مکان یہ دماغی کاوش اور عرق ریزی سے کمائی ہوئی دولت پھر اس کے ذریعہ فتح کی ہوئی حشمت مجھے اب کسی قدر تھکا چکی ہے۔ میں نے اپنی راہ سے بڑی وزنی وزنی چٹانیں ہٹائی ہیں اور اپنے لیے بڑی جفاکشی سے شاہراہ اوج کو ہموار کیا ہے، دنیا اور حکومت مدتوں تک میری مزدوری کا تماشا دیکھتی رہی اور آخر میں جب پبلک نے اور گورنمنٹ نے سوسائٹی اور قانون کی سخت سطح پر مجھے فتحمندانہ سر ابھارے دیکھا تو اپنی دقیع مشینری میں جگہ دینے کا فیصلہ کر لیا میرے

آباؤ اجداد بھی اپنی دھن کے پکے تھے۔ انھوں نے بھی ہمیشہ دنیا کو جیتا اور اپنی امتیازی شان دنیا والوں سے منوائی ہم ذاکر نسلاً بعد نسلاً اسی طرح سرخرو اور کامران ہوتے چلے آئے ہیں۔ ہماری نسل ہمارا خاندان ابتدا ہی سے بے داغ رہا ہے اور سربلندی سے ہمکنار" فیض صاحب برائے چندے رک گئے ان کی بلند و بارعب پیشانی شکنوں سے صاف ہو گئی اور سنجیدہ آنکھوں میں ملاحت و نرمی پیدا ہو گئی۔ ان کا چوڑا سینہ بلند ہوا اور سکون کی سانس کے بعد اصلی حالت پر آ گیا۔

ہم لوگ اپنا اپنا مقام بناتے چلے آ رہے ہیں۔ میں بھی اپنا ایک قابل رشک مقام بنا کر تھم گیا ہوں تاکہ میرے بچے اب تو وہاں سے آگے بڑھنے میں مسرت سے تجھے آگے بڑھتا ہوا، بلند ہوتا ہوا دیکھتا رہوں اور اس مقام کی آسائش میں جو کمی کچھ سے رہ گئی ہے۔ اس کو پورا کرتا ہوا تجھ کو دیکھوں —— ہاں ذاکر اب انحطاط کے ساتھ یہ میری آخری آرزو ہے خاندان کی عزت، گھرانے کے مراسم، بزرگوں کی کمائی ہوئی آبرو اور ہماری زندگی یعنی ہمارے خاندان کی زندگی کا مقررہ قانون تیرے ہاتھوں اور چمکے، تو اسے چمکائے اور یہ اپنی کھپچ قندیلیں اور شمعیں تیری ذات سے آفتاب بن جائیں میری تمنا ہے کہ عوام تجھ سے مرعوب رہیں خواص رجوں اور حکومت ممنون سرکاری قانون کی خلاف ورزی کو تو جرم جانے میں چاہتا ہوں کہ سرمایہ کی قدرت تیرا ساتھ کبھی نہ چھوڑے سرمایہ ہی ہم کو زندگی سے مقابلہ کرنے کے قابل بناتا ہے دولت فائدہ اٹھانے کی چیز ہے، جرم و خطا بے شک انسان کی فطرت ہے لیکن ذاکر ایک دفعہ تو گناہ کو بھی سرمایہ کا وسیع دامن چھپا لیتا ہے۔ ہمیں اپنے سامنے آنے والوں سے لڑنا پڑتا ہے اور سپاہی بہادر بھی ہوتا ہے اور چالاک بھی ——" چند سیکنڈ کے لیے کمرے میں سکوت سا ہو گیا۔ صرف گھڑی کی ٹک ٹک سنائی دے رہی تھی اور کبھی کبھی ہوا سے کھڑکیاں بجنے لگتی تھیں ذاکر لمحے

اپنے والد کی طرف دیکھا وہ بستر پہ بارت و شجاعت اور کارکردگی کے دیو کی مانند لیٹے ہوئے تھے۔ ان کی داڑھی منور نظر آرہی تھی اور چہرہ شگفتہ مگر عمر کا انحطاط اس شان و شوکت کے مجسمہ کا پلاسٹر کئی جگہ سے اکھاڑ چکا تھا۔ ان کی مرعوب کن شخصیت پیری کے دباؤ سے جھک گئی تھی لمبے لمبے قوی ہاتھوں میں ہلکا سا رعشہ تھا اور پرجلال آنکھوں کی پتلیوں پر ہلکا سا دھندلا پن۔ ذاکر عزت و محبت سے ان کو دیکھ رہا تھا ان کے الفاظ اس کے کانوں میں گونج رہے تھے۔ اور دماغ ان کے اثرات سے بے چینی سی محسوس کر رہا تھا۔ دل سعادت مندی کی چوکھٹ کو چومنے کے لیے جھکتا مگر دماغ انکراہ کا ثقل محسوس کرنے لگتا۔ اس سینے میں ایک ہلکا سا نیلا نیلا شعلہ پیدا ہونے لگا جیسے کسی زہریلی شے نے آگ پکڑ لی ہو جیسے تانبا جل رہا ہو، جیسے گندھک سلگ رہی ہو۔ اس کو ہر طرف سے تعفن آنے لگی، ہر شے میں سے سرانڈ آنے لگی، اپنی ذات میں سے بو اٹھتی محسوس ہونے لگی۔

ذاکر نے فیض صاحب کے سرہانے رکھے ہوئے گلاس کو منہ سے لگا لیا ان کا جھوٹا پانی پیتے ہی اس نے دفعتہً بو میں کمی محسوس کی کیا یہ علاج بالمثل تھا۔؟

دسواں باب

جب ذاکر اپنے والد کے کمرے سے نکلا تو وہ ایسا محسوس کر رہا تھا کہ انسان کی طرف زبان ہی جھوٹ نہیں بولتی ہے بلکہ کان بھی بولتے ہیں جھوٹ ہر طرح بولا جاتا ہے اگر آپ کے مسلک و ضمیر کے خلاف کوئی شخص تقریر کر رہا ہو اور آپ اس کو سن کر چپ رہ جائیں تو گویا آپ نے یہ چپ چاپ جھوٹ بولا۔ فیض صاحب نے اپنے ڈسپلن کے ماتحت کمائی ہوئی اور حاصل کی ہوئی عزت و دولت کا راز ذاکر کو بتایا تھا۔ اور اس

بڑی شخصیت نے اپنی اولاد سے بھی اسی ڈسپلن کی پابندی میں مقام محمود تک پہنچنے کی تلقین کی تھی ذاکر نے ان کے الفاظ کو سنا ایک اولاد کی مانند سنا۔ والد کے ارشادات کی تعمیل کا فرض کپکپاتا ہوا اس کے سامنے آکھڑا ہوا اس نے بے چینی سے بستر پر کروٹ بدلی اور نیند کو بلانے کا بہانہ کرنے لگا۔

پریشانیاں نیند اڑا دیتی ہیں اور لطیف خیالات دماغ کو آسودہ کر کے خواب مسلط کر دیتے ہیں ذاکر کے خیالات نے رخ پلٹا اس کو شمسہ کے تمتمانے سرخ سرخ رخسار یاد آنے لگے ایسے ہی دل کش چہرے لبوں کو مقناطیس کی طرح اپنی طرف کھینچتے ہیں۔ شمسہ شاید دل لگانے کے قابل تو زیادہ نہ ہو مگر وہ راتوں کو آسودہ کرنے کے لیے ہر طرح موزوں ہے کیا شمسہ بھی با آسانی گناہ ——— لذت گناہ بخش سکتی ہے۔ شاید بخش دے مانگو گا اس سے بھی کبھی گناہ ذاکر سوچتے سوچتے سو گیا۔

مین پوری میں گورنر آنے والا تھا تمام سرکاری عہدے دار، خطاب یافتہ حضرات تعلقہ دار جاگیردار مین پوری میں جمع ہو گئے تھے۔ تیسرے روز فیض صاحب کی طبیعت بھی درست ہو گئی تھی۔ چنانچہ وہ اور ظہیر صاحب بھی جانے کی تیاریاں کرنے لگے۔

"ذاکر میاں تم بھی چلو گے نہ؟" ظہیر صاحب نے دریافت کیا

"کہاں چچا جان؟" ذاکر نے کہا۔

"ارے بھائی مین پوری اور کہاں لو تم کو خبر ہی نہیں فیض صاحب، کیا تم نے ذاکر سے ذکر نہیں کیا اب تک؟" ظہیر صاحب نے فیض صاحب سے دریافت کیا۔

"میں چاہتا ہوں کہ بلندی کے راستوں کو یہ از خود ڈھونڈ لے" فیض صاحب نے مسکرا کر کہا۔

"تم بھی غضب ہی کرتے ہو بغیر کہے کیا اس کو الہام ہوتا کہ گورنر صاحب مین پوری آ رہے ہیں۔ اور وہاں تمام روسا و امرا جمع ہو رہے ہیں" ظہیر صاحب نے کہا

"مجھ سے تو ابا نے کل ہی کہلایا تھا" شمسہ نے سیب چھیل کر ذاکر کے سامنے رکھتے ہوئے کہا۔

اور تم نے ذاکر سے اب تک نہ کہا؟" فیض صاحب نے مسکرا کر شمسہ سے کہا۔

"میں سمجھی کہ آپ نے کہہ دیا ہوگا" شمسہ نے آہستہ سے کہا۔

"اس ذاکر کو اتنی اہمیت دینے کی وجہ اب تک میری سمجھ میں نہ آئی" ذاکر کی نظر اپنے والد کے چہرے پر پڑی پھر ان کے ابھی ابھی کہے ہوئے الفاظ یاد آئے اور اس ذکر کی اہمیت کا راز بھی اس کی سمجھ میں آگیا اس کو مین پوری پہنچ کر بلندی کی راہوں کو ٹٹولنا تھا۔ یہ اس کے والد کی توقع تھی اسکو اپنے ادا کئے ہوئے الفاظ کا افسوس ہوا۔

"بیٹے ذاکر یہی اعلیٰ افسر تمہاری آئندہ زندگی کو سنوارنے میں مدد ثابت ہوں گے" ظہیر صاحب نے فرمایا۔

"جی ہاں۔ غریب اور بے وسیلہ لوگ کیا کسی کے کام آسکتے ہیں کیونکہ وہ پہلے ہی تمام وسائل۔ سے محروم ہوتے ہیں" ذاکر نے تائید کرتے ہوئے کہا۔ اتفاق سے اس میں طنز کا پہلو بھی نکل رہا تھا جس کا اندازہ شاید شمسہ ہی لگا سکی ہو۔

"کب آرہے ہیں گورنر صاحب؟" ذاکر نے دریافت کیا۔

"پرسوں" ظہیر صاحب نے کہا۔

"تو ابا اور آپ اور شمسہ آج روانہ ہو جائیں میں کل آجاؤں گا میں آج بہت مصروف رہوں گا۔ ڈبیٹ کے لیے مضمون تیار کرنا ہے اور کالج میگزین کے لیے تین مقالے لکھنے ہیں میں پوری میں وقت نہیں ملے گا" ذاکر نے کہا۔

"تو شمسہ تم بھی کل ہی ذاکر میاں کے ہمراہ آجانا۔ ہم چلتے ہیں" ظہیر صاحب نے کہا اور اسی وقت یہ دونوں بزرگ روانہ ہو گئے۔

شام کو ذاکر کھانا کھانے کے بعد اپنے کمرے میں جا بیٹھا اور پہلے ڈبیٹ کے لیے

نکات سوچنے لگا۔ اس کے بعد مقالہ شروع کر دیا۔ رات کو ساڑھے گیارہ بجے تک اس نے دو مقالے تیار کر لیے اور تیسرے کا خاکہ بنانے لگا۔

ذاکر کے سرہانے لیمپ روشن تھا۔ اور وہ صوفے پر سہارا لیے ہوئے لکھ رہا تھا کمرے کی دیواریں ہلکے نیلے رنگ کی تھیں اور فرش پر کاہی رنگ کی خوبصورت دری بچھی ہوئی تھی صوفہ سیٹ پر بھی مونگیا رنگ کا نفیس کپڑا چڑھا ہوا تھا آتشدان میں ہلکی ہلکی آگ جل رہی تھی اور اس پر رالکھ غالب آتی جا رہی تھی۔ جس کی وجہ سے کمرے میں برودت پیدا ہونی شروع ہو گئی تھی۔ ذاکر اٹھا اور اس نے سینے تک اپنے اوپر کمبل ڈال لیا۔ موسم بہار کے تیوں کا سبز رنگ پردوں پر چھایا ہوا تھا اور ان کے بار بار تھرکنے سے دور میز پر رکھی ہوئی ذاکر کی تصویر نیچے گر پڑی تھی۔

تھوڑی دیر بعد باہر سے کسی نے دروازہ کھٹکھٹایا اور اجازت ملنے پر نوکر اندر داخل ہوا۔

"کیا ہے فخرو؟"

"شمہ بی بی نے پڑھنے کو کوئی کتاب منگوائی ہے میاں" فخرو نے کہا۔

"کہنا کہ اب سو جائیں گیارہ بج گئے صبح پڑھنا۔" ذاکر نے کہا اور پھر لکھنے لگا۔

"مگر میاں آپ بھی تو اب سو جائیے۔ گیارہ بج گئے ہیں۔ صبح لکھ لیجئے گا۔" فخرو نے کہا۔ ذاکر مسکرا دیا۔

"بس ضروری کام کر رہا ہوں۔ تم نہیں سمجھتے جاؤ۔" نوکر چلا گیا لیکن تھوڑی دیر کے بعد پھر آیا۔

"ہوں ہوں؟" ذاکر نے لکھنا جاری رکھتے ہوئے پوچھا۔

"معاف کیجئے میاں وہ تو اسی وقت منگوا رہی ہیں کتاب" فخرو نے کہا۔

"لاحول ولاقوۃ" ذاکر نے میز پر قلم رکھتے ہوئے خفگی سے کہا اور حرکتاب ہا تھ

میں آگئی بغیر دیکھے بھالے۔ اٹھ کر الماری میں سے نکال کر دیدی۔

"جاؤ یہ جا کر دیدو اور اب نہ آنا جا کر تم بھی سو جاؤ" ذاکر نے کہا۔ فخرو شمہ کی میز پر کتاب رکھ کر پیچھے اپنی پچیس سال کی بیاہی دلہن کی کوٹھری میں چلا گیا۔

فخرو کو گئے ہوئے مشکل سے دس منٹ ہوئے ہوں گے کہ ذاکر کے کمرے کا دروازہ پھر ایک دم کھلا اور شمہ نے اس کے سرہانے آکر ناراضگی سے کہا "یہ کیا مذاق ہے۔ آخر پہلے کتاب منگوائی تو صاف انکار کر دیا اور اب یہ اٹھا کر بھیجدی مجھے کیا دکیل، بیرسٹر بننا ہے تمہاری کتاب میں نگل تو جاؤں گی نہیں کہ اس طرح چھپا چھپا کر رکھتے ہو۔" یہ کہہ کر اس نے ذاکر کے سینے پر کتاب ڈال دی اور جانے لگی ذاکر نے حیرت سے کتاب کو اٹھا کر دیکھا تو تعزیرات ہند کا خلاصہ تھا۔ اس نے ایک قہقہہ لگایا اور دروازہ پر شمہ روک کر بولا "معاف کرنا شمہ میں لکھنے میں ایسا محو تھا کہ اپنے خیالات میں ڈوبا ہوا اٹھا اور دیکھے بھالے جو کتاب ہاتھ میں آگئی فخرو کو تھما دی لو آؤ اب تم اپنی پسند کی جو کتاب چاہو لے جاؤ۔"

"بس جانے دو مجھے نہیں چاہیے تمہاری کتاب" شمہ نے بدستور خفگی سے کہا۔

فیصلہ تو تمہارا عاقلانہ ہے کیونکہ رات زیادہ چلی گئی ہے۔ سو جاؤ دیکھو تمہاری خوبصورت آنکھوں میں نیند کے پیارے پیارے لال لال ڈورے بھی تو دار ہو گئے ہیں" ذاکر نے کہا شمہ اپنی ستائش سن کر ملائم پڑ گئی اور مسکرا کر بولی "اچھا تو لاؤ مگر واقعی اب تو نیند آنے لگی۔ اچھا یہ تم کیا لکھ رہے ہو۔ یہ سناؤ نہ"

افسانہ نہیں ہے بڑی روکھی پھیکی چیز ہے تم ایک دو صفحے کے بعد ہی اکتا جاؤ گی" ذاکر نے کہا۔

سناؤ تو سہی ممکن ہے دل چسپی لینے لگوں مجھے علمی مضامین بھی پسند ہیں" شمہ نے کہا۔

"اچھا تو ایک شرط پر سناتا ہوں پورا مقالہ سننا پڑے گا یہ نہیں کہ چند سطروں کے بعد ہی جمائیاں لینے لگو اور اونگھنا شروع کر دو۔"

"نیند آکس کمبخت کو آرہی ہے۔" شمہ نے کہا۔

"اچھا تو بیٹھو" ذاکر نے اس کو اپنے سامنے بٹھا کر کہا اور اپنے لکھے ہوئے صفحات سنانے لگا واقعی بڑا خشک مضمون تھا۔ شمہ چند منٹ تک تو صبر سے سنتی رہی پھر ایک ہلکی سی جمائی آئی، دوسری دفعہ آئی اور پھر سلسلہ بندھ گیا ذاکر بڑے جوش سے سنانے میں لگا رہا۔

"ذاکر" شمہ نے آخر صوفے پر نشست بدلتے ہوئے کہا مگر ذاکر پڑھنے میں اتنا محو تھا کہ اس نے نہیں سنا۔

"ذاکر" شمہ نے پھر کہا۔ ذاکر نے اس کو داد سمجھا اور پڑھے گیا۔

"ذاکر —— ذاکر للہ بس" شمہ نے ایک ہوش ربا انگڑائی لے کر زور سے کہا

"ایں کیا مجھ سے کچھ کہہ رہی ہو؟" ذاکر نے شمہ کی طرف دیکھ کر دریافت کیا۔ کاغذ کے سفید چہرے پر بکھری ہوئی کالی کالی سطروں پر سے ہٹ کر اس کی نگاہ شمہ کے بے داغ اور سرخ سرخ رخساروں پر جم گئی نیند کی وجہ سے اس کے حسین چہرے پر اور بھی زیادہ دلکشی پیدا ہو گئی تھی۔ اس کی سالم جوانی صوفہ پر ایسے محبوبانہ انداز میں دھری ہوئی تھی۔ کہ کسی زاویئے سے وہ مزاحمت نظر آرہی تھی اور کسی رخ سے سپردگی۔

"آنے لگی نیند غلط بات ہے تمام مضمون سننا پڑے گا۔" ذاکر نے اس کے پیروں پر کمبل ڈالتے ہوئے کہا اور سرا اپنے اوپر ڈال لیا۔

"دیکھو تو سہی مجھے بڑے زور سے نیند آرہی ہے اب تمہارا مضمون بے حد قابلانہ اور بہت اچھا ہے صبح پورا سن لوں گی اس وقت تو سو جانے دو۔" شمہ

نے کہا ذاکر نے ایسی اشتیاق خیز لجاجت شمسہ سے پہلے نہیں دیکھی تھی چنانچہ وہ اس کے قریب کھسکا اور بولا "یہ اشتیاق خیر کہ میں اپنا مقالہ عہد کی خلاف ورزی کرتے ہوئے ادھورا چھوڑ دوں اچھا چائے بناتا ہوں اس سے تمہاری نیند بھاگ جائے گی" ذاکر نے کہا۔

" تم بھی اب سو جاؤ نہ کل ہم کو سفر کرنا ہے۔ بہت رات چلی گئی" شمسہ نے صوفے کے بازو پر سر رکھ کر کہا نیند سے اس کا جسم ڈھیلا پڑتا جا رہا تھا۔ اور جسم کے ساتھ لباس بھی اس کمرے میں حوالات کی کوٹھری کی سی نہ تو سردی تھی اور نیند اڑا دینے والی بلا کی بے آرامی اس لیے شمسہ وقت کی سب سے تند خواہش یعنی نیند ہی کے لیے مچل سکتی تھی۔ مگر خدا جانے اس کی اس بار بار نیند نیند کی رٹ میں کتنی خواب اڑا دینے والی قوت تھی اور کس قدر قریب کھینچنے والی پکار کہ وہ خود بھی نیند سے جھوم جھوم جانے کے باوجود غنودگی میں ڈوبتی ہوئی بیداری کا اسرار پکڑنے کو لڑکھڑا لڑکھڑا کر اٹھ جاتی تھی۔

" شمسہ اگر تم ... نہ سونے کا وعدہ کرو تو میں ابھی چائے بناتا ہوں" ذاکر نے کہا۔

"وعدہ نہیں کر سکتی" شمسہ نے خواب زدہ لکنت سے کہا "ہاں اگر سو جاؤں تو جگا کر پلا دینا اس کے بعد وہ ذاکر کے آدھے سے زیادہ صوفے پر نیند سے مدہوش ہو کر پھیل گئی جگائی جا کر چائے پینے کی تجویز سے شبہ ہوتا تھا کہ وہ خود بھی سونا نہیں چاہتی تھی مگر منتشر نیند کے یکبارگی حملہ سے وہ ایسی مجبور ہو گئی تھی کہ ایک بار تو اس کو سو جانا ہی پڑا چاہے بعد کو جگا دی جائے جس کے لیے وہ آمادہ تھی۔

گیارہواں باب

نوکر کے جاگ اٹھنے کے خوف سے ذاکر اس طرح اٹھ کر آہستہ سے باورچی خانے میں داخل ہوا جیسے وہ اپنے ہی مکان میں چوری کر رہا ہو اس نے وہاں روشنی بھی نہیں کی دیا سلائیاں بلائیں اور چیزیں ٹٹولنی شروع کیں بڑی مشکل سے مطلوبہ اشیاء تلاش کر کے بھاگا ہوا اپنے کمرے میں آیا۔

شمسہ بے خبر سو رہی تھی۔ اس کی سانس مسلسل اور آہستہ آہستہ چل رہی تھی کمبل جب اوپر سے کھسکا تو جسم پر سے حفاظت کے لباس کو بھی بے ترتیب کرتا چلا گیا تھا۔ وہ اتنی بے پرواہی اور آزادی سے صوفے پر سو رہی تھی گویا اسی کی اپنی خوابگاہ تھی جس میں کسی کی مداخلت کا خوف نہ تھا۔ اور جہاں ستر پوشی میں احتیاط صرف کرنے کی زیادہ ضرورت محسوس نہیں کی جاتی ہے۔

ذاکر نے جلدی سے آتشدان کی آگ کرید کر پانی چڑھا دیا اور چند منٹ میں چائے تیار کر کے پیالی شمسہ کے سرہانے لے آیا الھڑ جوانی کی نیند اس وقت ہر شے سے انکار کر رہی تھی۔ کسی سوتے ہوئے انسان کو قتل کرنے میں قاتل کا ہاتھ ضرور کانپ اٹھتا ہوگا۔ کیونکہ نیند ہمیشہ احترام طلب کرتی ہے کسی کو سوتا دیکھ کر خود بخود ہماری زبانیں اور پیر شور مچانا بند کر دیتے ہیں یہ نیند ہی کا تو رعب و احترام ہے۔

ذاکر بھی پیالی لیے کھڑا ہوا شمسہ کی نیند کا احترام کر رہا تھا صوفے پر ایک خواب آلودہ جسم کے قبضہ کے بعد اب صرف اتنی ہی جگہ باقی رہ گئی تھی کہ بیدار کر دینے کے خوف کے ساتھ کوئی اس پر سکڑ کر بیٹھ سکتا تھا شمسہ کا ایک سڈول ہاتھ سینے پر تھا اور دوسرا نیچے دبا ہوا تھا۔ اول تو لباس میں خود ہی ارادتاً یہ

اہتمام کیا جاتا ہے۔ کہ صندلی شمسہ جسم کو اس طرح چھپا جائے کہ وہ شکایت نہ کرنے پائے اب نیند کی شہ پا کر اس کو سرکشی کا موقع مل گیا تھا، بوڑھی رات یکجائی، توقع اور دسترس ذاکر کو دیوانہ بنائے جا رہی تھی اور یہ محل تھا بھی دیوانہ ہی بننے کا ہر شخص کے لیے ہر فرد کے واسطے۔

ذاکر صوفے پر آہستہ سے پیالی لیے شمسہ کی آغوش میں بیٹھ گیا صوفے کی اسپرنگ دبیں) اور ان کے دبنے سے شمسہ کا محو خواب جسم بھی دبا د ذرا کھسکا اور ذاکر کی پشت سے لگ گیا۔ گرم گرم سوتا ہوا جسم۔

"شمسہ چائے پی لو" ذاکر نے اس طرح ہکلاتے ہوئے کہا جیسے وہ اس سے مخاطب نہ تھا بلکہ اپنی بے قابو ہستی سے بول رہا تھا۔

"چائے پی لو نہ شمسہ" اس بار ذاکر نے سینہ پر رکھے ہوئے ہاتھ کو تھپتھپا کر کہا مگر شمسہ کی نیند نہ ٹوٹی۔

چائے کی پیالی اگر کسی ایسی پتھر کی میز پر بھی رکھی ہوئی ہوتی جس پر ذاکر کا سا جذباتی سکون چھایا ہوا ہوتا تو اس وقت اس کی بھی تمام سطح کپکپا اٹھتی ذاکر کا لرزاں ہاتھ ایک طرف جھک گیا۔ اور کھولتی ہوئی چائے شمسہ کے خوابیدہ جسم پر گر پڑی۔

شمسہ اس قدر بے احتیاطی سے ایک دم چونکی اور اٹھ بیٹھی کہ بالکل سرے پر بیٹھا ہوا ذاکر جھونک کھا کر نیچے گرا اور پیالی ہاتھ سے چھوٹ کر دور جا پڑی چکنا چور۔

چائے شمسہ کے جسم پر گر کر ٹھنڈی ہو چکی تھی صرف اس کی پہلی چھینٹ پڑی گویا گرم اور تکلیف دہ تھی چنانچہ اس کی کسک کو ٹٹولتی ہوئی اور آنکھیں مل کر وہ حیرانی سے دیکھنے لگی۔ ایک سکینڈ تک اس کی سمجھ میں کچھ نہ آیا۔ ذاکر اٹھ بیٹھا اور خالی جگہ پر مسکراتے ہوئے بیٹھ کر بولا: "معاف کرنا شمسہ تم میری حماقت سے جل گئیں۔ سوزش تو نہیں ہے ران میں؟" اس نے چائے سے بھیگی ہوئی شمسہ کی ساڑی کو اس کی ران سے جدا

کرتے ہوئے پوچھا۔

"یہ ہوا کیا آخر؛ چائے گر کیسے گئی اور پیالی کیسے توڑ ڈالی تم نے؛" شمسہ نے اپنی خمار آلود آنکھوں سے اس کو دیکھ کر دریافت کیا۔

"میری حماقت سے مجھے پہلے تم کو جگانا لازم تھا بعد کو چائے لانا" ذاکر نے کہا اور حادثہ سنا دیا۔ شمسہ خوب ہنسی۔

"اب سزا یہ ہے کہ پھر چائے بناؤ" شمسہ نے کہا۔

"چائے تو ابھی دو تین کپ اور ہے کوئی اور سزا دو" ذاکر نے مسکرا کر کہا اور دونوں نے مل کر چائے پی رات کا ایک بج چکا تھا۔ نیند نکال لینے سے اور چائے پی لینے کے بعد شمسہ بالکل تر و تازہ ہو گئی تھی۔ اور اس کی نیند اب بالکل ہی غائب ہو گئی تھی ہاں تھوڑی دیر بعد ذاکر اونگھنے لگا۔

"نیند آنے لگی؟" شمسہ نے دریافت کیا ذاکر نے جمائیاں لیتے ہوئے اپنی نیند سے بھری لال آنکھوں سے جواب دیا۔

"سو جاؤ۔ اوہو، ایک بج گیا بہت رات چلی گئی" شمسہ نے جانے کے لیے اٹھ کر کہا۔ ذاکر بھی اٹھ کھڑا ہوا۔ شمسہ کے شانے پہ ہاتھ رکھ کر ایک زوردار انگڑائی لی اور آہستہ سے بولا۔

شمسہ نہ معلوم کیوں کھڑی رہ گئی ذاکر نے اس کی خوبصورت انگلیوں کو اپنے ہاتھ میں لے لیا اور بولا۔

"کیوں، کیا جی نہیں چاہتا؟"

"کس کو؟" شمسہ کا جسم جھک گیا۔

"جانے کو" ذاکر نے کہا۔

"دھکا دے کر نکال دو مجھے" شمسہ نے آہستہ سے کہا اور اس کے شانے پر سر رکھ دیا۔

اتنے جلد! ذاکر نے خوف کھا کر دل میں کہا۔ اس کی نظر ٹوٹی ہوئی پیالی پر پڑی جو اتنی شکستہ

ہو چکی تھی کہ کبھی جڑنے کے قابل نہ رہی تھی بے جان پیالی اور اس سے بھی زیادہ بے جان خُم ہیں راحت! دونوں ایسی چور چور ہو گئیں کہ اب کبھی سالم نہ ہو سکیں گی، اب یہ تیسری پیالی پاش پاش ہونا چاہتی ہے۔ بلا وجہ، بغیر خوف خطر کے بیکس راحت نے ٹھوکروں میں اپنے کو اس وجہ سے پھینک دیا تھا کہ ماحول و واقعات نے اس کو پیس ڈالا تھا۔ وہ فضا کے غلط تموج سے اپنی جگہ پر سے گر پڑی تھی مگر شمسہ کو کیا ہو گیا ہے۔ اس کے تو ہاتھ پیر کھلے ہوئے ہیں راہ سفر بالکل وا ہے نحس حالات کی تلوار بھی اس کے سر پر نہیں جھول رہی ہے نہ یہ ویسی پر صعوبت رات ہے نہ اس میں اس بلا کی ٹھٹھر ہے، نہ یہاں گرم گرم توشک و لحاف کی کمی ہے، نہ یہاں حرارت یابی کے ذرائع مسدود ہیں، پھر میری آغوش میں ذبح ہونے کی آرزو کے کیا معنی۔ اوہ حلوائی نے بھوکوں کے سامنے مٹھائی کی دوکان سجائی ہے، بزاز نے ننگوں کی آنکھوں کے آگے کپڑے کی دوکان آراستہ کی ہے۔

پہلے ہی ذاکر کے جسم سے لباس زمین پر گرا تھا، اب اس کی کھال بھی بدن سے اتاری جا رہی تھی شاید پہلی برہنگی کافی نہ تھی روح تک کو عریاں کیا جا رہا تھا ننگے ننگوں سے لپٹ گئے تھے بھتنے بھتنوں سے چمٹ گئے تھے۔

"شمسہ! اپنے کو ستانہ بناؤ۔ مانا کہ خواہش کے اتمام میں ہر فرد برہنہ ہو جاتا ہے مگر میں اس کو پسند نہیں کرتا کہ برہنگی کے باوجود ستر پوش ہونے کا دعوےٰ کرو۔ اگر میں ننگا ہوں اگر تم ننگی ہو تو صاف صاف اپنے ننگے پن کا اعلان کیوں نہیں کرتی ہو۔ چھپانے کی چیزوں کو سر بازار عریاں کر کے یہ فریب کیوں دیا جاتا ہے کہ بدن ڈھنکا ہوا ہے۔ لباس پہن رکھا ہے شمسہ مجھ سے ڈرو، خوف کھاؤ تم ابھی تم ہو تم سے پہلے میں ایک لڑکی کی عزت بگاڑ چکا ہوں میں خبیث ہو کر سخاوت کا دعوےٰ کرنے سے شرماتا ہوں، میں فاسق ہو کر تقوےٰ کا حیلہ کرنے سے جھینپتا ہوں میں پاپی ہو کر دھرماتما کی ٹٹی کی اوٹ لینے سے خفا ہوتا ہوں، لاکھوں کروڑوں آدمی روزانہ گناہ کر کے سوتے ہیں اور صبح جب اٹھتے ہیں تو اپنے کو پاک و صاف

سمجھنے کا بہانہ کئے اٹھتے ہیں۔ وہ لاکھ ننگوں کے ایک ننگے ہیں۔ ان کی ذات ان کے جسموں میں سڑ چکی ہے میں جس حالت میں سوتا ہوں صبح اپنے کو اسی حالت میں دیکھنا چاہتا ہوں آج کی رات جس حالت میں تم مجھے سلانا چاہتی ہو، کل کا دن مجھے اسی حالت میں جاگا ہوا پائیگا اور نہ صرف کل کا دن بلکہ زندگی کے تمام آئندہ دن اعمال کے کفارہ کا یہی مفہوم ہے ذات کے محاسبہ کی یہی تدبیر ہے اور لغزش سے آئندہ بچنے کی یہی سبیل ہے۔"

شمسہ نیند سے دراصل اب بیدار ہوئی تھی۔ دونوں قسم کی نیند سے طبعی کسل کے بعد فطری آزردگی سے راحت سے اور جنسی انتشار کے بعد تکمیل خواہش کی چھیڑ سے وہ ذاکر کا منہ تکے جا رہی تھی۔ اس کی ہمت ذاکر کی تقریر کو روک دینے کی نہیں ہو رہی تھی جب وہ چپ ہو گیا تو اس نے فقط اتنا کہا۔

"ذاکر! تم اب بھی ویسے ہی ہو جیسے تیں سال پہلے تھے بلکہ جیسے شروع ہی سے تھے تمہاری باتیں اب بھی اسی قدر تکلیف دہ اور دل آزارانہ ہیں جیسی پہلے تھیں۔"

"شمسہ تمہاری دل آزاری ہوئی، مجھے بہت افسوس ہے لیکن میرا خیال ہے کہ تمہیں اس وقت اور بھی زیادہ صدمہ ہوتا جب تم کو معلوم ہوتا کہ میں اپنے پہلے گناہ کی پہلی شکار راحت سے محبت کرتا ہوں۔ آج کی رات کو ہم خوب منا سکتے تھے، آنے والے بہت سے دنیا کو ایک اور نئے میں ہم جائز طور پر میاں بیوی بھی بنا دیئے جاتے۔ مگر شاید اس رات کی دونوں کی پھسلن اور دونوں کے کردار کی ٹوٹ تمام عمر ہماری متاہل زندگی میں ایک زہریلا پودہ بن کر جمی رہتی۔ اس کے ساتھ ہی میرے دل راحت پسند کی یادیں ہم دونوں کو پریشان رکھتیں ہاں شمسہ میں راحت کو نہ صرف پسند کرتا ہوں بلکہ اس کو دل سے چاہتا بھی ہوں" یہ ذاکر نے کہا۔

"اچھا کرتے ہو۔ راحت جیسی لڑکی ہی تمہارے قابل ہے۔" شمسہ نے غصہ سے کہا۔

"تم راحت سے کس طرح کم ہو، انصاف سے کہو۔ تم ہی نہیں آج کی رات کی تم جیسی

ہر لڑکی" ذاکر نے اطمینان سے اس کے غصہ کا جواب دیتے ہوئے کہا۔

"تم اوباش ہو" شمسہ نے کہا۔

"تم اوباش پسند ہو" ذاکر نے مسکرا کر جواب دیا۔

"تم بالکل ننگے ہو۔ میں جاتی ہوں مجھے زیادہ پریشان نہ کرو" شمسہ نے کہا

"بالکل صحیح لفظ استعمال کیا تم نے ایسا ننگا کہ جو اپنے کو ننگا کہتا ہے، ننگا سمجھتا ہے" ذاکر نے کہا۔ شمسہ جانے کے لیے مڑی ذاکر اس کے سامنے آکھڑا ہوا اور مسکرا کر اس کا ہاتھ اپنے ہاتھ میں لیتے ہوئے بولا۔

"تلخی اس بات پر تو پیدا ہوئی ہے نا کہ میں نے اپنی اس شب یکجائی کی داد نہیں دی فطرت تو ایک بے شکل تودہ ہے، ہمیں اس کی تہذیب کرنی پڑتی ہے کان میں پڑے ہوئے لوہے کے خبث کو جھاڑ کر ہم آبدار تلواریں بناتے ہیں چٹانوں کے سینے کو چیر کر ہم ریڈیم نکالتے ہیں اور طبیعت کے غبار ——

"بس بس —— تم باغی ہو۔ تم بدزبان ہوئے جا رہے ہو، مجھے شرمندہ کر رہے ہو میری توہین پر توہین کئے جا رہے ہو مجھے جانے دو میں تم سے بات نہیں کرنا چاہتی۔" شمسہ نے ذاکر کو راہ ہٹانے کی کوشش کرتے ہوئے کہا۔

"دیوانی لڑکی" ذاکر نے اس کو اس طرح بازوؤں میں گھیر لیا جیسے وہ ننھی سی بچی تھی بگڑو نہیں سمجھنے کی کوشش کرو ہم اپنے توقع زدہ والدین کو مزید دھوکا دینے کی کوشش کر رہے ہیں۔ تم ماشاء اللہ پڑھی لکھی لڑکی ہو۔ میرے الفاظ پر غور کرو۔ اور تم مجھے اپنا دشمن کیوں سمجھنے لگیں کیا تم میری آزاد بیانی و صاف گوئی پر مجھے داد کا مطلق مستحق نہیں سمجھتیں۔ سوچو تو۔ اتصال کے بعد اگر میں ایک ذلیل شوہر ثابت ہوتا تو کیا تم میرے ساتھ خوش رہ سکتی تھیں؟"

"میں ہرگز تم سے شادی نہیں کروں گی" شمسہ نے کہا۔

"میں بھی تو یہی وعظ فرما رہا ہوں، لیکن ہم اگر میاں بیوی نہ بن سکیں تو کیا اس کے علاوہ اور کچھ بھی نہیں بن سکتے؟" ذاکر نے پوچھا۔

شمسہ سمجھ دار لڑکی تھی۔ ذاکر کا طرز عمل اب تک اس کے ساتھ معاندانہ نہ تھا وہ از خود بھڑک اٹھی تھی چنانچہ ملائم پڑ کر بولی "

"مگر ذاکر تم سے تو خطرہ ہے کہ تم بھائی یا دوست کی حیثیت سے بھی کامیاب نہ ہو گے۔"

"میرا خیال ہے کہ میں سوائے شوہر کے ایک عام انسان کی حیثیت سے تمہارے ہر طرح کام آ سکتا ہوں ہاں ایک بات یہ ضرور ہے کہ گناہ کا جتنا بلند محل تیار کر چکا ہوں اب چاہتا ہوں کہ اس میں ایک اینٹ کا بھی اضافہ نہ ہو۔"

ممکن ہے کہ آئندہ تم اپنے غسل خانے میں کوئی خوشنما ٹائل جڑ والو" شمسہ نے خوش طبعی سے کہا۔

تم سے اور راحت سے زیادہ خوبصورت ٹائل کہاں مل سکتے ہیں مگر دیکھو میرا غسل خانہ اب تک اجڑا پڑا ہے۔" ذاکر نے کہا۔

"کیا راحت بھی بہت خوبصورت ہے؟" شمسہ نے دریافت کیا۔

لفظ بھی استعمال کر کے شکر ہے تم نے اپنے کو تو حسین تسلیم کر لیا مگر راحت حسین نہیں ہے۔" ذاکر نے جواب دیا۔

رات زیادہ جا چکی تھی شمسہ اپنے کمرے میں چلی گئی اور ذاکر اسی حسرت زدہ صوفہ پر دراز ہو گیا۔

بارھواں باب

شمسہ تو دس بجے تک پڑی سوتی رہی مگر ذاکر حسب معمول جلدی اٹھ گیا آج کی صبح بھی

اس کا جسم اتنا ہی کسلمند ہو رہا تھا جتنا راحت کے ساتھ شب گزار کر اس کی صبح تھا کیا پاک ناپاک رات میں کوئی فرق نہ تھا۔ راتیں تو سب ہی پاک ہیں دنیا پاک ہے باور نہ ہو تو دریافت کر دیکھئے ہر شخص سے۔

شمسہ جب بیدار ہوئی تو وہ بھی کسل محسوس کر رہی تھی ذاکر کے الفاظ سے وہ رات کو متاثر تو ہوئی تھی مگر اس نے کوئی خاص خیال قائم نہیں کیا تھا۔ اب ناشتہ کے بعد سے برابر اس کے دماغ میں مختلف خیالات آ رہے تھے اگر ذاکر ایک لاکھ لڑکیوں کی زندگی تباہ کر کے اس اپنے گناہ کو صیغہ راز میں رکھتا تو شمسہ اس کو اپنے دل میں جما ہوا اچھا ذاکر سمجھے جاتی۔ مگر ایک ہی لڑکی کو لوٹ کر پہلا ہی گناہ کر کے اس اعلان کے بعد وہ اس کے دل سے اتر گیا۔ دیکھا جائے تو شمسہ خود بلند نظریہ حیات سے خالی تھی مگر ہمیں لطف ہی دوسروں کے جرم سے آگاہ ہو کر ان سے نفرت کرنے میں آتا ہے۔

شمسہ اب ذاکر سے متنفر تو نہیں ہوئی تھی مگر اپنا شریک حیات اس کو نہ بنانے کا فیصلہ کر چکی تھی۔ اس کے ساتھ ہی اس نے اپنے مخصوص نسوانی طرز تفکر کی بنا پر یہ اندازہ بھی لگا لیا تھا کہ ذاکر اب چونکہ بہت برہنہ اور منھ پھٹ ہو چکا ہے اس لیے دونوں باپ بیٹے میں آگے جا کر اختلاف بلکہ شاید علیحدگی بھی ہو جائے وہ اپنی اس پیش بینی میں حق بجانب تھی کیونکہ ذاکر سوسائٹی اور اس کے مروج حقائق کے خلاف صف آرا ہو چکا تھا۔

ایک طرح شمسہ کے دل میں استکراہ کے جذبات کے بعد ذاکر کے باپ میں ہمدردی سی بھی پیدا ہونے لگی تھی۔ اگر اس کے باپ نے اس کو عاق کر دیا تو اس کا کہیں ٹھکانا نہ رہے گا۔ مگر کیا فیض صاحب اپنی اکلوتی اولاد کو عاق کرنے کے لیے دل رکھتے ہیں اس خیال سے اس کو ذرا تسکین ہو جاتی تھی۔

گیارہ بجے بعد ذاکر شمسہ کے کمرے میں آیا اس کی آنکھیں کچھ اس طرح جھکی جھکی

تھیں جیسے واقعی وہ شمسہ کا مجرم تھا شمسہ نے سر سے پیر تک اس کو غور سے دیکھا اور ایک منٹ میں تمام کدورت واشکراہ سے اس کا دل صاف ہوگیا۔ ذاکر باوجود برہنہ ہونے کے انسانیت سے عاری نہیں ہوا ہے شمسہ نے دل میں سوچا۔

"فرمایئے وحتران حوا کے شکاری کیسے آنا ہوا؟" شمسہ نے مسکرا کر دریافت کیا۔

"مجھ سے بھی بڑے بڑے شکاری دیکھتے ہیں تو مین پوری ہو آؤ وہاں تم کو ایسے ایسے جگادری صیاد ملیں گے جن کے کپڑوں کے نیچے ان کے مارے ہوئے شکار چھپے ہوئے ہوں گے اور سڑ رہے ہوں گے۔ مگر وہ برہمن دیوتا کی طرح بڑے معصومانہ انداز میں وہاں بیٹھے ہوئے نظر آئیں گے۔" ذاکر نے کہا۔

"کیا تمہارا ارادہ نہیں ہے مین پوری چلنے کا؟" شمسہ نے دریافت کیا۔

"میرا ـــــ بلکہ میں تو سمجھتا ہوں وہاں جانے کی تمہاری بھی کوئی ضرورت نہیں ہے۔ پھر کیوں چلیں وہاں؟" ذاکر نے کہا

اچھا مجھے روک کر تم آج کی رات کل کا انتقام لینا چاہتے ہو؟" شمسہ نے کہا۔

"انتقام انتقام تو رات کو بھی نہ تھا ورنہ شاید اگر ہم کئی راتوں تک آئندہ ساتھ رہیں تو ہمارے درمیان انتقام کا جذبہ آئے گا؟ کل یہی تو ہوا تھا کہ تم نیند میں پھسل گئی تھیں میں بھی تمہارے ساتھ ہی پھسلنے والا تھا مگر سنبھل گیا مجھے سنبھلا دیکھ کر تم بھی سنبھل گئی تھیں۔"

"اچھا میں پھسلی تھی پہلے؟" شمسہ نے کسی قدر خفگی سے کہا۔ "خوب کیوں جناب جب میں سو رہی تھی تو آپ جائے کی پیالی ہاتھ میں لیے میرے قریب کیوں آ بیٹھے تھے؟ اس نے تیکھی چتون سے پوچھا۔

کیا شمسہ اس وقت جاگ رہی تھی اور نیند کا بہانہ کئے پڑی تھی ذاکر نے سوچا مگر اس کے اس سوال سے وہ بوکھلایا ہو نظر نہیں آرہا تھا سکون سے بولا۔

"شمہ! میں اندھا یا ناقدر نہیں ہوں۔ تم رات کو میرے صوفے پر ایسی سفاکانہ ادا سے سو رہی تھیں کہ میری آغوش کا بند بند کھلا جا رہا تھا غنیمت سمجھو کہ میں نے تم کو بھینچ نہ ڈالا آئندہ اس بے دردی سے سونے سے پرہیز کرنا۔" اس نے مسکرا کر کہا پھر بولا "لیکن ہم رات کے معصوم واقعہ کا خواہ مخواہ ذکر کئے جا رہے ہیں۔ مجھے تکلیف سی ہوتی ہے کچھ ایسی تکلیف جس میں شرم کی قسم کی ایک چبھن بھی شامل ہے۔"

ذاکر کے اگلے الفاظ سے شمسہ پہلے ہی شرمانے لگی تھی اب اور بھی زیادہ محجوب ہو گئی۔

"اچھا چھوڑو اس قصے کو" شمسہ نے آہستہ سے کہا۔

"واہ چھوڑ دوں کیسے؟ تم بدگمان جو ہوئی جا رہی ہو کہ میں رات کا ملزم تم کو سمجھتا ہوں حالانکہ کردہ و ناکردہ گناہوں میں میں تمہارا برابر کا شریک ہوں۔" ذاکر نے ہنس کر کہا۔

ذاکر قابل نفرت ہے؟ نہیں یہ کمبخت تو ہمیشہ ہمیشہ چاہے جانے کے لائق ہے شمسہ نے دل میں کہا۔ مگر وہ تو ایک دوسری لڑکی کو چاہتا ہے۔ کون کہہ سکتا ہے کہ چاہتا ہی ہو ممکن ہے محض رحم کھاتا ہو اور وہ اس کو محبت سمجھ رہا ہو یہ عورت کا آخری سہارا تھا۔

"کیا تم مین پوری چلنے کا ارادہ ملتوی کر چکے ہو؟" شمسہ نے آخر دریافت کیا۔

"تمہاری مرضی پر ہے میں تو کہہ چکا کہ اپنا وہاں پہنچنا کچھ بے معنی سا ہے۔" ذاکر نے کہا۔ "مگر والدین کے حکم کی تعمیل؟"

"ہاں پانی میں ڈوبے ہوئے والدین کے حکم کی تعمیل اچھا تو چلو۔" ذاکر نے کہا۔

"ریل سے چلیں؟" شمسہ نے دریافت کیا۔

موٹر میں کیوں نہ چلیں۔"

"تم راستہ بھر اتنی عجیب و غریب بکواس سے مجھے پریشان کرو گے۔" شمسہ نے نزاکت آمیز ناکی سے کہا

میں تمہیں یقین تو دلا چکا کہ تم اپنے کو مجھ سے بالکل محفوظ سمجھو۔ برہنہ انسان سے نہ

ڈرو اس وقت تک نہ ڈرو جب تک تم ننگے انسان کا احترام کرتی ہو۔" ذاکر نے مسکرا کر۔

"شکریہ کہ تم نے یہ نہ کہا کہ میری طرح تم بھی برہنہ ہو جاؤ۔" شمسہ نے ہنس کر کہا۔

"میرے کہنے کی کیا ضرورت ہے ہر شخص برہنہ ہے۔" ذاکر نے کہا۔

"میرے ناک میں دم آگیا اس برہنگی کے ذکر کو سنتے سنتے اچھا اب کپڑے پہن کر آؤ۔ ادھر میں بھی تیار ہوتی ہوں۔" شمسہ نے کہا۔

"ٹھیک ہے نہ کہ موٹر میں چلیں گے؟" ذاکر نے دروازے کی طرف مڑتے ہوئے شمسہ سے پوچھا۔ شمسہ نے اثبات میں سر ہلا دیا۔ تھوڑی دیر بعد دونوں روانہ ہو گئے۔

سنسان سڑک آجانے کے بعد ذاکر نے موٹر کو تیز کر دیا شمسہ کے تکلف سے بندھے ہوئے خوبصورت بال ہوا سے منتشر ہونے لگے اس نے ساڑھی کے پلو کو سر سے کس لیا اور کونے میں دبک کر بیٹھ گئی۔ شام تک دونوں مین پوری پہنچ گئے گورنر آچکا تھا اور ہندوستان کے لیے سب کچھ مانگنے والوں کو کچھ نہ دے کر بھی اس طرح اطمینان سے پارٹی میں لطف لے رہا تھا گویا وہ حسب طلب بہت کچھ عطا کر چکا ہے اور اب اپنے ممنون احسان لوگوں میں بیٹھا ہوا ان کی عزت افزائی کر رہا ہے مگر وہ دے بھی کیا سکتا تھا وہ محض ایک پرزہ تھا اسٹیم نہ تھا۔ اگر ہندوستان والے جنگی مساعی کے سلسلے میں اناج کپڑے اور روپیہ سے مدد کر رہے تھے تو اپنے گھر کے لیے کر رہے تھے اپنے وطن کے لیے کر رہے تھے حکومت کی حیثیت تو ایک مربی کی ہے اور مربی بڑی مشکل سے ملتا ہے ہر بے کس و بے وسیلہ انسان کو ایک مربی کی ضرورت ہے۔

جھروکہ درشن کے شیدائیوں اور ظل سبحانی کے پرستاروں کے لیے ولی نعمت انگریز ہے کیونکہ اسی کے خوان کرم سے خطابات ملتے ہیں، پوزیشن ملتی ہے جذبہ برتری ملتا ہے جمہوریت کی مبارک اسپرٹ ملتی ہے اٹلانٹک چارٹر کو سمجھنے اور اس میں سے کچھ اپنا حصہ نہ پا کر قومی عزت و زندگی کے معنی پر غور کرنے کا موقع حاصل ہوتا ہے۔

تھوڑی دیر بعد گورنر کے اعزاز میں بہترین دماغوں نے نہایت قابلانہ تقاریر کیں۔ بعد ان میں فیض صاحب کی تقریر سب سے زیادہ کامیاب تھی کیونکہ موصوف سرِ بن ہو چکے تھے اور حکومت کے نہایت قوی ستون تھے بلکہ سلطنت کی ریڑھ کی ہڈی تھے۔

فیض صاحب اس طرح تقریر کر رہے تھے جیسے ہاؤس آف لارڈز میں کوئی مملکت کا رکن اعظم تقریر کر رہا ہو۔ ہندوستان سے دور، ہندوستان کے داخلی و خارجی حالات سے بے پرواہ، غافل اور بے خبر۔

شمر نے ذاکر کی کیفیات کا جائزہ لینے کو اس کی جانب دیکھا۔ وہ سر کو ہاتھ سے تھامے ایک عجیب عالم اضطراب میں بیٹھا ہوا تھا جیسے بغیر ابر کے مینہ برس رہا ہو جیسے بغیر خون کے دل دھڑک رہا ہو۔ جیسے ایک ریکارڈ بج رہا ہو۔۔۔ فیض صاحب بولے جا رہے تھے۔

تالیوں کے زبردست شور میں ان کی تقریر ختم ہوئی۔ اب کوئی ایڈریس باقی نہ رہا تھا یہ آخری ریکارڈ اور جس کارخانے میں بنا تھا اس کا نمائندہ اس کو سن کر اپنے مالکان کارخانہ کو دل میں داد دے رہا تھا۔

ذاکر نے چند بار جلد جلد سانس لی اور امراؤ رؤسا کے مجمع پر ایک نظر ڈالی اس مجمع کی ستر پوشی میں سینکڑوں ملوں نے زور مارا ہوگا مگر اس پر بھی ہر شخص یہاں لباس سے عاری نظر آ رہا تھا۔ ذاکر اٹھا اور بلا ارادہ اس طرح سر جھکائے پلیٹ فارم پر آیا جیسے مجرم تختہ دار پر آ کھڑا ہوا ہو۔

سب کی نظریں اس خوش رو نوجوان کی طرف اٹھیں فیض صاحب کا دل فخر و مسرت سے سینے میں پھول گیا۔ ان کو خیال ہوا کہ پدر جو تمام نہ کر سکا تھا اس کو پسر تمام کرنے آیا ہے۔

ذاکر نے حکومت پر نکتہ چینی نہیں کی سب سے پہلے تو اس نے حاضرین جلسہ کی جماعت سے اپنی بے تعلقی کا اظہار کیا اس کے بعد اپنے ابنائے وطن کے جسموں میں اٹھے ہوئے چھوٹے چھوٹے آبلوں پر ناخن رکھنا شروع کیا۔ اس کی تقریر پچھلے مقررین کے خلاف

کوئی جوابی تقریر نہ تھی۔ وہ تو صرف کراہتی ہوئی حقیقت پیش کر رہا تھا۔ وہ اسٹیج پر آتش زدہ امان نہیں آیا تھا بلکہ فتیلا بن کر آیا تھا۔ اب جس جس جگہ وہ گرا وہاں آگ ہی لگ سکتی تھی چنانچہ اس کی آتشبازی سے ننگے جسم بھی جلنے لگے۔

یہ برلا اور ڈالمیا کا دیس ہے، غریبوں اور کسانوں کا نہیں ہے؛ ذاکر کے الفاظ تھے "یہ لمبی پلان بنانے والوں کا ملک ہے، مزدوروں اور ناداروں کا وطن نہیں ہے یہاں نیشنل گورنمنٹ کا راگ صرف اس لیے گایا جا رہا ہے کہ وطن پرستی کی آڑ میں کسانوں اور مزدوروں پر ہمیشہ سرمایہ دار حکومت کریں، ہندوستان میں کھپت کی صلاحیت پیدا کئے بغیر موٹر، ہوائی جہاز اور ایسی ہی دوسری صنعتوں کے کارخانے اس لیے قائم کئے جائیں کہ دیس کی منڈیاں تو اجڑ جائیں اور باہر کی منڈیوں سے رشتہ قائم ہو جائے اس طرح ملکی کرنسی کا دیوالہ نکل جائے بعد از جنگ تعمیر عظیم کے علمبردارو یہ تو بتاؤ کہ تم نے دوران جنگ میں زندگی کے کس شعبہ میں بلند ذہنیت اور اعلیٰ مورل کا ثبوت دیا ہے تم نے ساہوکارے کو قصاب خانہ بنا ڈالا۔ بیوپار کو مزبلہ میں بدل دیا خدا تمہارے ہاتھ میں کبھی حکمرانی کی عنان نہ دے تم نے بھرے بھرائے ملک میں ادنیٰ سے ادنیٰ چیزوں کو غارت کیا، پار کیا اس طرح چھپایا جیسے بلی اپنے گو کو چھپاتی ہے حکومت نے تم پر ترس کھا کر اور تمہاری ہی آسائش و آسانی کے لیے سپلائی اور اناج اور دوسری اجناس کے ڈپو کی نگرانی تمہارے سپرد کی تو تم نے اپنی منحوس ذات و غلیظ انفرادیت کا ایسا گرده ثبوت دیا کہ چور اور ڈاکو تم سے شرمانے لگے تم نے ایسی ایسی بھاری رشوتیں لینی شروع کیں کہ طوائفیں اپنی لمبی لمبی فیسوں کو بھول گئیں۔

ذاکر کو جوش آگیا تھا۔ وہ کچھ ایسا مبہوت ہو گیا تھا کہ اپنے الفاظ آپ نہیں سن رہا تھا وہ ایک لمحہ کے لیے رکا اس کے بعد پھر اس نے انگارے برسانے شروع کئے تم سمجھتے ہو کہ تم حکومت کے قوت بازو ہو گیا میں بتاؤں تمہارا صحیح مقام اور

حکومت اکا بھی ؟ حکومت ایک بے رحم دیُو کا نام ہے جس کا کام صرف قوت آزمائی ہے اور جس کو رحم و مروت سے کوئی سروکار نہیں ہوتا۔ دیو انسانوں کا گوشت کھاتا ہے اب جو لوگ اپنے کو اس دیوتا کا چہیتا سمجھ کر اس سے وابستہ ہو گئے ہیں وہ دراصل صرف اس کا چمچہ ہیں، وہ ان سے فقط اپنے چمچہ کا کام لیتا ہے ——

"ذاکر" فیض صاحب کی دفعتہً کڑک سنائی دی۔ مگر وہ بولے گیا فیض صاحب نے پھر گرج کر اس کا نام لیا اور باپ کی شہ پاکر دوسرے فرمانبرداران قدیم بھی چیخنے لگے یہاں تک کہ اس کو پلیٹ فارم پر سے گھسیٹ لیا گیا۔ اس کی تقریر پر کوئی تالی نہیں بجی۔ صرف گورنر نے چند بار آہستہ آہستہ اپنی ہتھیلیاں بجائیں جن کی آواز ایسی تھی جیسے کوئی مجبوراً کسی کا نوحہ کر رہا ہو۔

تیرہواں باب

راحت جب مکان پہنچی تو پہلے تو اس کی نہایت گندی گالیوں سے تواضع ہوئی اور اس کے بعد لات تھپیڑ اور گھونسوں سے سوتیلی ماں سمجھتی تھی کہ گھر سے شر رفع ہو گیا مگر جب راحت لٹی لٹائی پھر مکان میں داخل ہوئی تو وہ اب سوتیلی ماں کو چڑیل سے کم نظر نہ آئی۔ اس کے آنے سے گھر کی برکت لٹ گئی، رونق غارت ہو گئی وہ مجسم نحوست تھی کنواریوں کے لیے عبرت اور بیاہیوں کے لیے کراہت۔

یا تو پہلے باپ نے اس کی بازیافت میں اس قدر دوڑ دھوپ کی تھی۔ یا اب وہ بھی اس کی نحس ہستی کی پناہ بخشی کا روادار نہ رہا تھا۔ اگر عورت میں دوشیزگی کا نام ہی حقیقی نسائیت ہے تو بے شک راحت میں نسائیت ختم ہو چکی تھی، وہ عورت نہ رہی تھی لیکن اگر وہ ایک بار لٹ کر بار دیگر اس قسم کے اعادہ سے خائف ہو چکی ہو تو اس

صورت میں ہمارے سماج کا کیا فرض ہے۔

میں اسی دہرائے ہوئے موضوع کو چھیڑ رہا ہوں وہی لڑکیوں کے بگڑنے کی دیرینہ حکایت ہے وہ ایک دفعہ تنگ واقعات کے دھارے میں بہہ کر تر دامن ہو آئی ہوں اور پھر دامن نچوڑ کر دوسری دفعہ کسی گندے نالے میں پڑنے کے خیال کو ترک کر چکی ہوں تو ہمیں ان کے سکھائے ہوئے دامن کا احترام کرنا چاہیئے یا ان کو بدستور تر دامن سمجھتے رہنا لازم ہے؟ اس سوال کا جواب دینے کی ضرورت نہیں بے شمار طوائفوں کے بہت سے کوٹھے لاتعداد بیسواؤں کے چکلے ہمارا جواب ہیں ہم ایک بار کی آبرو باختہ عورت کو دھکا دے کر پھر واپس فحش کی راہ پر ڈال دینے میں خوش ہیں ہم نہیں چاہتے کہ وہ پھر صحیح عورت کی سی زندگی گزارے اس میں ہمارے نفس کی تسکین کا بھی تو پہلو نکلتا ہے جب ہم روزمرہ کے استعمال کی عورت سے تنگ آ چکتے ہیں تو ہمارے شریر نفس کو اسی قسم کی عورتوں کی ضرورت پڑتی ہے یعنی ہم نے عورت کی پہلی غلطی کے بعد اس کی توبہ کو قبول کرنے سے محض اس لیے انکار کر دیا ہے کہ اس طرح ہماری ہوس کے تنور کے لیے کوئی نئی عورت نہیں مل سکے گی یوں ہم ایک بار کی گناہگار اور ہمیشہ کی شریف عورت کو طوائف بنا ڈالتے ہیں۔

راحت پر دوسرے ہی روز سے عرصہ حیات تنگ ہو گیا۔ گھر والوں نے اس کے فضیحتے کئے وہ تو اپنی جگہ تھے پڑوسیوں اور باہر والوں نے بھی آسمان سر پر اٹھا لیا بوڑھے اس پر لعنت بھیج رہے تھے جوان اس بہتی گنگا سے محروم رہ جانے سے متاسف تھے اور عورتیں اس سے پردہ کرنے لگی تھیں پھر سوتیلی ماں مستقل سولی ہوئی تھی۔ وہ گھناؤنی بن کر رہ گئی تھی۔ ایسی بھٹی میں سے شاید شیطان بھی نکل بھاگنا پسند کرتا۔ مگر راحت کو کوئی ٹھکانا نظر نہیں آتا تھا۔

رات دن کی مار دھاڑ، گالی گفتار اور جلی کٹی سنتے سنتے راحت کے اٹھارہ سالہ

جسم میں جمانی کا پودا مرجھا گیا اور چند روز بعد وہ اپنی ہستی سے بھی اس قدر غافل ہو گئی اس کو یہ بھی احساس نہ رہا کہ وہ زندہ ہے یا مردہ۔

اس طرح زندگی کے احساس کو بھول کر اس نے دو کٹھن سال گزار دیئے زخم کے کھلے ہوئے منھ پر پے در پے کچوکے لگتے لگتے زخم بھی تکلیف کا احساس چھوڑ دیتا ہے مگر راحت کی حیات ناسور بن گئی تھی جس کے سینکڑوں منھ ہر گئے تھے جن میں سے نت نئی پیپ بہتی تھی۔ وہ تمام کی تمام ایک پھوڑا، کرب ایک کھولن بنی ہوئی تھی اب اس کو مستقل طور پر قبول کرنے کے لیے کوئی مرد بھی آمادہ نظر نہ آتا تھا۔ ہاں ہر شخص اس سے طوائفیت کا ضرور طالب تھا اور خلوت کی قیمت ادا کرنے کو تیار تھا سوسائٹی اس کو وہ بنا رہی تھی جو وہ بننا نہیں چاہتی تھی۔

عشاق کی اس کو اب بھی کمی نہ تھی۔ ناجائز ذرائع سے نوجوان اس کے پاس رقعے روانہ کرتے رہتے تھے کہ وہ ان کے ساتھ کہیں نکل کھڑی ہو یا معقول وظیفہ لے کر جب تک چاہے داشتہ کی طرح رہے بعض نے بگلا بھگت بن کر اس کو اپنے ہاں محض نوکری کر لینے کی ترغیب بھی دی تھی مگر اتفاق کے لاکھڑے کئے دو مردانہ پہلوؤں سے گزرنے کے بعد وہ مرد کی بو کو سمجھنے لگی تھی اس لیے مزید بدبو میں پڑنے سے بچی رہی۔ یہاں تک کہ دو سال گزر گئے۔ اس کی زندگی نہ کنواری کی زندگی تھی، نہ بیوہ کی، نہ بیاہی کی تھی اور نہ مطلقہ کی۔

ان نشتروں کے درمیان ذاکر کا خیال اس کے دل سے نہ نکلا۔ شروع میں یہ خیال ہلکا ہلکا پیارا پیارا سا رہا۔ اور جیسے جیسے اس کی زندگی سختیوں کے درمیان سخت ہوتی گئی یہ خیال بھی اپنے رنگ بدلتا گیا اور آخر میں ایک جھنجلاہٹ بن گیا وہ سوچتی کہ ذاکر ٹھاٹھ سے اپنے طبقہ میں کی کسی حسین، دولت مند اور تعلیم یافتہ بیوی کے ساتھ داد عیش دے رہا ہوگا۔ اس کو میری ضرورت نہیں تھی۔ اور نہ ہو سکتی تھی۔ اس کو لڑکیوں

کی کمی نہیں شکل میری ہے کہ اب مجھے کوئی شریف مرد نہیں قبول کر سکتا۔

کبھی وہ خیال کرتی کہ پھر اس جہنم زار مکان سے نکل کھڑی ہو مگر اگلا تجربہ دو افتادوں سے اس کو کچل چکا تھا۔ دوسری اس قسم کی کوشش شاید اس کو ہمیشہ ہی کے لیے تباہ کر دے گی۔ پہلے ہی قدم پر اس کو سینکڑوں رحمان اور ذاکر آ کر بھنبھوڑیں گے مگر یہ گھر بھی تو تمہا توا بنا ہوا ہے۔ آخری مداوہ خودکشی تھا۔ افسوس راحت جیسی بد نصیب لڑکی کو کہیں امن و پناہ نہیں مل سکتی تھی حالانکہ اس زمین پر کعبہ بھی ہے اور سینکڑوں پوتر معبد بھی۔ ہزاروں دھرماتما بھی ہیں اور لاکھوں درویش بھی مگر وہ جس طرف رخ کرتی تھی۔ وہی سمت تیور بدلنے لگتی تھی۔ ہاں صرف طوائف کا کوٹھا اس کی طرف مسکراتا نظر آتا تھا۔ اور اس کے خیر مقدم کو تیار تھا۔

اس کے یتیم خانہ، آشرم، آریہ سماج اور عیسائیوں کا مشن سینما کی تصویروں کی طرح اس کی آنکھوں کے سامنے ناچنے لگا یتیم خانہ اور آشرم کے وہ قابل نہیں تھی۔ آریہ سماج مشن یا مسلمانوں کے پناہی ادارے اس طرح ایک غیر مذہب کی لڑکی کو پناہ دیتے ہیں۔ جیسے انھوں نے مخالف مذہب کے قلعہ کو فتح کر لیا ہو۔ اذیت رسیدہ عورت کو وہ اس لیے پناہ نہیں دیتے ہیں کہ ان کو اس پر رحم آ گیا تھا۔ بلکہ کسی غیر مذہب کی لڑکی ان کے قبضہ میں آ جاتی ہے تو اس کو وہ اپنے مذہب کی صداقت کے اشتہار کی طرح استعمال کرتے ہیں ان کو اس کے دکھ سے دکھ نہیں ہوتا محض بر بنائے خود غرضی اس لڑکی کو دوسرے مذاہب کی تزل کا سرٹیفکیٹ سمجھتے ہیں اور اپنی فتح۔

راحت بے وقوف نہ تھی، اس لیے اس نے سماج یا مشن کی گھناؤنی زندگی اور پناہ گیری کا خیال اپنے دماغ میں نہ آنے دیا۔ افسوس ہندوستان میں راحت کی پوزیشن والی لڑکیوں کے لیے اب تک کوئی ایسی شریفانہ جائے پناہ تجویز نہیں کی گئی ہے جہاں وہ طوائف کی زندگی سے بچ کر اور جھوٹے مذہبی اشتہار بازوں کے چنگل سے محفوظ

رہ کر اپنی تباہ شدہ حیات کے بقیہ دن شریفانہ طور پر بسر کر سکیں۔

آخر دو سال تک تڑپ تڑپ کر زندگی گزارتے رہنے کے بعد اس کو اتفاقیہ دو ایک دن کا سکون مل گیا۔ دور کے رشتہ کی اس کی ایک نانی فیض آباد سے آگئیں بس اس نے لپک کر اس تنکے کا سہارا لے لیا۔

نانی خدا کے واسطے مجھے بھی اپنے ساتھ لے چلو اور اس رات دن کے عذاب سے نجات دلاؤ! نانی کے رخصت ہونے سے قبل راحت نے رو کر کہا۔

"بیٹی! تیری ماں سے ڈر لگتا ہے اس بلا کے سامنے کس کی زبان کھل سکتی ہے"۔ نانی نے راحت کی سوتیلی ماں سے خوف کھا کر کہا۔

"تم ابا سے ذکر کرو"۔ راحت نے منتیں کرتے ہوئے کہا۔

"مگر وہ تیری ماں کی مٹھی میں ہے"۔ نانی نے جواب دیا۔

"راحت کے پھر آنسو امنڈ آئے۔ اس نے بہ کمال مایوسی کہا۔

"تم خود مجھے لے جانا نہیں چاہتیں۔ میری موت کی خواہاں ہو تم بھی"۔

"نہ رو میری بچی۔ اچھا میں تیرے باپ سے پوچھتی ہوں"۔ بڑی بی نے کہا اور راحت کے والد کے پاس پہنچیں وہ بخار میں لاوارثوں کی طرح پلنگ پر پڑے ہوئے تھے بیوی پاس آکر نہیں پھٹکتی تھی۔ کیونکہ راحت کے والد نے ایک دوون ہوئے راحت کے لیے ایک نیا جوڑا بنا دیا تھا۔ سوتیلی ماں نہ صرف راحت کے لیے آفت تھی وہ شوہر کے لیے بھی وبال جان تھی۔ راحت نے اپنے والد کی خدمت کرنی چاہی۔ تو سوتیلی ماں نے وہ طوفان اٹھایا کہ خدا کی پناہ جب راحت پھر بھی باپ کی خدمت سے نہیں ہٹی تو اس نے باپ بیٹی پر تہمت لگادی۔

"میاں اگر تم اجازت دو تو میں کچھ دن کے لیے راحت کو اپنے ہمراہ لے جاؤں" نانی نے راحت کے باپ سے کہا۔

"مجھ سے کیا پوچھتی ہو۔ آماں! میرے لیے تو وہ —— وہ کیا سب مرے ہوئے ہیں۔ میں خود بھی مرا ہوا ہوں۔" راحت کے والد نے اندوہگین آواز میں کہا۔

"نہیں میاں ایسی بات منھ سے نہ نکالو۔ خدا تمہیں سلامت رکھے۔ میں نے تو اس لیے کہا تھا کہ راحت سوکھ کر کانٹا ہو گئی ہے جوان لڑکی ہے کہیں خدانخواستہ دق نہ ہو جائے اسے ذرا آب و ہوا بدل جائے گی۔" بڑی بی نے کہا۔

"تم جانتی ہو اماں کہ میرا اس گھر پر کوئی اختیار نہیں ہے۔ میں ہمیشہ صلح و آشتی کی خاطر دبا اور یہ عورت سر چڑھتی گئی۔ اب اگر ذرا کچھ زبان سے نکالتا ہوں یا اپنا اقتدار کام میں لانا چاہتا ہوں تو وہ لڑائی ہوتی ہے کہ توبہ ہی بھلی لیجاؤ میں نہیں روکتا راحت کو۔" راحت کے والد نے کہا۔

راحت اپنے والد کے فیصلہ کو سن کر بہت خوش ہوئی۔ مگر ابھی تو اصل کٹھن منزل سامنے تھی۔ چنانچہ جب مادرِ مہربان کو معلوم ہوا کہ ان کی قرۃ العین نانی کے ساتھ جا رہی ہیں تو انھوں نے کوہ آتش فشاں کو مات کر دیا۔

"ضرور لے جاؤ اماں تم اس کو اپنے ساتھ یہاں یا دا کی ناک کٹوائی وہاں تمہارا چونڈا منڈوائے گی۔ یہ پاچھل تمہیں چین لینے دے گی وہاں دوسرے ہی دن کچھر نہ کسی کے سنگ (ساتھ) بھاگ جائے تو میرے منھ پر تھوک دینا۔" سوتیلی ماں نے گرج کر کہا۔

"بیٹی! میں وہاں اس کی نگرانی کروں گی۔" بڑھیا نے ہار مانتے ہوئے کہا۔

"تم ضرور نگرانی کرو گی اس کی۔ ارے یہ تو سات پردوں میں سے نکل بھاگنے والی قطامہ ہے۔" سوتیلی ماں نے راحت کے دو ہتھڑ رسید کرتے ہوئے کہا۔

"اگر اب کے بھاگی تو اطمینان رکھو لوٹ کر تمہارے ہاں نہ آؤں گی۔" راحت نے آنسو بہاتے ہوئے کہا۔

" آں ہاں ۔ بڑی ناک والی ۔ اتنی غیرتمند تھی تو پہلے ہی کیوں نہ ڈوب مری ۔ کیوں اپنی منحوس صورت لے کر آئی اس گھر میں "

راحت زار و قطار رونے لگی ۔

" بس بیٹی ! چھوڑو اس قصہ کو ۔ مقدر کا لکھا پورا ہوا " بڑی بی نے رفع شر کے طور کہا " کیا سچ کہتی ہوں ۔ وہ تو یہ کوئی پلہ پیٹ میں ساتھ نہ لائی ہنیں تو اس کا گلا گھونٹ دیتی

تمہیں حق ہے ۔ آخر اس کی ماں ہو " سوتیلی ہو تو کیا ہے ؟ بڑی بی نے کہا ۔

" نا بابا ۔ خدا مجھے ایسی اولاد نہ دے ۔ اس کے بدلے تو کوکھ سے سپولیا جنا اچھا " سوتیلی ماں نے کہا ۔

بیچاری بڑی بی چپ ہو گئیں مگر اس کی زبان چلتی رہی ۔

" اور تم دیکھ لینا ، لکھ لو اگر یہ راستہ میں سے ہی غائب نہ ہو جائے ۔ کسی یار کا خط آ گیا ہو گا ۔ فیض آباد جانے کا تو بہانہ ہے خدا کی مار ایسی بے حیا لڑکی پر ۔ بالکل ہی دیدے کا پانی ڈھل گیا ہے مردار کا ۔"

" بی بی ! آپ جیسی بڑی بھلی یہ ہے میرے ساتھ ہے ۔ اگر یہ خدانخواستہ کسی کے ساتھ چل دی تو تم کو اطلاع ہنیں کروں گی ۔ اور اگر بھلے گھر کی لڑکیوں کی طرح رہی تو کسی نیک مرد سے اس کا پلّو باندھ دوں گی " بڑی بی نے آخر جل کر کہا ۔

" چل رات بیٹی ! اپنا بستر اور کپڑے باندھ لے " انھوں نے راحت سے کہا ۔

" بستر اور کپڑے ! مجال ہے یہاں سے ایک تنکا لے جائے ۔ گھر میرا ہے جیسے پہلے گئی تھی ویسے ہی اب جائیگی یہ ، اس کو اگر جانا ہے " سوتیلی ماں نے چیخ کر کہا ۔

" اچھا اچھا بیٹی مجھ سے تو نہ لڑ چل راحت جیسی بیٹھی ہے ویسی ہی چل اٹھ بڑی بی نے اس کا ہاتھ پکڑا اور صحن میں لے آئیں سوتیلی ماں نے بے چاری بڑی بی کو بھی توم کر دھر دیا وہ وہ صلواتیں سنائیں کہ زمین و آسمان کانپ اٹھے ۔ مگر راحت اپنے باپ

سے مل کر خوش نما فی کے ساتھ ہو لی۔

چودہواں باب

ذاکر جب مکان پر آیا تو یہاں کے در و دیوار اس کو گرم گرم نظر آئے فیض صاحب نے اس کی تقریر کو قطعاً باغیانہ قرار دیا۔ نہ صرف باغیانہ بلکہ حکومت کی نظروں میں باپ کو ذلیل و پست کر دینے کی نامبارک کوشش پرانی نسل کو شکایت ہے کہ نئی نسل باغی و سرکش ہے وہ سب کچھ ہے مگر کاذب مصالح کے سہارے اپنے ضمیر کو مسموم کر کے عروج باطل کی کم خواہاں ہے وہ سطحیت سے نکل کر کھڑی ہونا چاہتی ہے وہ حقیقت کوشی کے لیے آمادہ ہے۔ اب یہ تو زعمائے ملت اور مصلحین قوم کا کام ہے کہ اس کو صحیح ڈگر پر ڈال دیں۔

اس جلسہ میں ذاکر نے آنکھوں دیکھے اور حساس و بصیرت مآب روح کے محسوس کئے ہوئے زندہ اور جاندار چند واقعات بیان کئے تھے اس کو پروا نہ تھی کہ وہاں گورنر بیٹھا ہوا ہے جس کی خوشنودی مزاج حاصل کرنے کو پرتکلف پرستائش غیر حقیقی اور بے سرو پا جملوں کے ذریعہ شکریہ اور ایسی ہی ناکارہ توصیف کا خلاف ضمیر تحفہ پیش کرے اور گھر بازار ملک بلکہ روح و جسم میں لگی ہوئی آگ کے شعلوں کو رسم وفاد عقیدت میں ڈھکا ہوا رہنے دے وہ اس کے لیے مطلق تیار نہ تھا کہ خود سے غافل اور دوسروں کے ہاتھوں بکے ہوئے اپنے والد کی اعزاز کی پیاسی تقریر کی تائید میں اسی قسم کی نوز کھوکھلی اور جھوٹی تقریر کرے۔ اس کو پروا نہ تھی کہ پشتی وفادار اور خطابات سے بھرے ہوئے گھر کی وہ ہتک کر رہا ہے۔ اس کے سینہ میں آگ سلگ رہی تھی اس لیے اس کے منہ سے انگارے ہی جھڑ سکتے تھے پھول نہیں برس سکتے تھے۔

ذاکر کو گمان نہ تھا کہ فیض صاحب اس کی تقریر کا اس قدر غلط اثر لیں گے اور اس کو صریحاً اپنی ذلت و تحقیر سمجھیں گے کاذب اصولوں کا ایک باطل بت تھا جس پر پہلی ضرب پڑی تھی۔ بت گر کی بھی انگلیاں کچل گئی تھیں۔ اور بت بھی اپنے طاق میں تھرا اٹھا لات و منات کے جی پر بھی کچھ ایسی ہی گزری ہوگی جب ان کے باطل جسموں پر توحید کا تازیانہ پڑا ہوگا۔

ذاکر اپنے کمرے میں بیٹھا ہوا کتاب بین چن رہا تھا کہ دروازہ کھلا اور فیض صاحب کا سنجیدہ چہرہ نظر آیا۔ ذاکر ان کو دیکھ کر اٹھ کھڑا ہوا وہ تمکنت سے اس کے قریب آئے اور دبدبہ سے بولے۔

ذاکر تمہاری کل والی تقریر ارادتاً تمہاری زبان سے نکلی تھی یا بے خیالی میں بک گئے تھے جس پر اب متاسف ہو؟ وہ اس قدر سنجیدہ تھے کہ انھوں نے ذاکر کو برا بھلا کہنا یا ڈانٹنا مناسب نہ سمجھا وہ فیصلہ کر چکے تھے کہ اگر اس کے دل میں اپنے باپ کی عزت نہیں رہی ہے تو وہ حکومت کی باغی اور مانع اعزاز اولاد سے کوئی سرکار نہ رکھیں گے۔

ذاکر ان کے تیور پہچان گیا۔ چنانچہ صاف دلی سے بولا۔

"جی نہیں ایک غیر اختیاری تقریر میرے منھ سے نکل گئی تھی لیکن میں اس پر متاسف نہ ہوا تھا۔"

"اور نہ اب ہو؟" فیض صاحب نے اسی سنجیدگی سے دریافت کیا۔

"جی اور نہ اب ہوں۔" ذاکر نے سکون سے جواب دیا۔

فیض صاحب ایک دم خاموش ہو گئے۔ جیسے ان کو دفعتاً شدید صدمہ ہوا ہو۔

"تم کو معلوم ہے ایسی تقاریر کا کیا نتیجہ ہوتا ہے؟" آخر انھوں نے وقفہ کے بعد کہا۔

"میں نے نتیجہ سے بے نیاز ہو کر اپنے خیالات کو صحیح طریقے سے ظاہر کرنے کی کوشش کی تھی۔" ذاکر نے جواب دیا۔

"اور تم شاید اس سے بھی بے خبر ہو گئے کہ ہز ایکسلینسی گورنر تمہارے متعلق کیا خیالات لے کر گئے ہیں۔" فیض صاحب نے اس کے جواب کو نظر انداز کر کے کہا۔

"مگر آبا! میں نے ان کے خلاف کیا کہا ہے؟ میں نے تو وہی باتیں بیان کی تھیں جن سے وہ بھی، حکومت کا ذمہ دار فرد ہونے کی حیثیت سے نابلد نہیں ہیں۔ آپ بھی بے خبر نہیں ہیں، اور عوام بھی ناواقف نہیں ہیں۔ اگر اس پر بھی میرے متعلق وہ کوئی بری رائے قائم کر سکتے ہیں۔ تو مجھے اس کا ذرا افسوس نہیں، کیونکہ گورنر در اصل مصیبتوں، یادشوں اور بعض دفعہ دکھوں کے مارے ہوئے عام انسان ہیں۔"

"ٹھیک ہے، مگر تیرے باپ اور تیرے باپ کے اسلاف کی زندگیوں میں ہمیشہ عزت شرافت اور حکومت رہی ہے۔ گنوار نہیں رہے ہیں۔ چنانچہ اگر تجھے اپنے کو اس شجرۂ نسب کا رکن سمجھنے میں فخر نہیں ہے تو میں بھی جس طرح تو نے اپنی احمقانہ تقریر کے بعد افسوس محسوس نہیں کیا ہے۔ تیرا نام اپنے شجرہ سے خارج کر دینے سے متاسف نہ ہوں گا۔" فیض صاحب نے کہا۔ ذاکر چپ ہو گیا۔

"میں اپنی بات کا جواب چاہتا ہوں۔" اس بار فیض صاحب کے لہجہ میں ذرا سختی تھی۔

"کیا عرض کروں،" ذاکر نے ادب سے کہا۔ "میں ناکارہ زندگی کو نہ تو آپ تک آپ کی توقعات کے مطابق کچھ سود مند بنا سکا ہوں اور نہ اپنی حسب منشا اس کی کچھ تہذیب کرنے میں کامیاب ہو سکا ہوں۔ رہا شجرہ تو میں گستاخی کی معافی چاہتے ہوئے عرض کروں گا کہ شجرہ آپ نے یا ہمارے اسلاف نے نہیں بنایا ہے۔ بلکہ خدا نے بنایا ہے ایک ہمارا ہی نہیں بلکہ تمام انسانوں کا شجرہ اسی کے ہاتھوں کا رہین منت ہے آگے جا کر ہم تمام انسانوں کا شجرہ ایک ہو جاتا ہے۔ بنی آدم اعضائے یک دیگر اند اور آدم

مٹی سے بنے تھے۔

"یہ گویا تم ہم کو لیکچر دے رہے ہو دیکھو ہمارا نسب بہت اعلیٰ ہے اور اگر تم کو اس کا فرد رہنا ہے تو اس کے تمام قوانین کی پابندی کرنی پڑے گی۔" فیض صاحب نے کہا۔

مگر ہمارے خاندان کے قوانین خدا کے آئین سے ٹکراتے ہیں۔ یہ کس طرح دیکھا جا سکتا ہے۔" ذاکر نے کہا۔

"اگر نہیں دیکھا جا سکتا، تو تم اپنا نام ہمارے رجسٹر سے خارج کرا سکتے ہو" فیض صاحب نے کہا۔

"افسوس یہ آپ کے یا کسی اور کے اختیار میں نہیں ہے۔" ذاکر نے کہا۔

"اچھا یہ تم مجھے چیلنج کر رہے ہو۔ جاؤ ہم تمہارا نام اپنے شجرہ سے خارج کیے دیتے ہیں۔ ہم بھی دیکھتے ہیں کہ تم بغیر اپنے خاندان کے نام واثر کے کس طرح دنیا کی گردش میں از سر نو کامیاب زندگی کی ابتدا کرتے ہو۔" فیض صاحب نے تیور بدل کر کہا۔

"اگر یہ بات ہے۔" ذاکر نے چنی ہوئی کتابوں کو واپس الماری میں بھرتے ہوئے کہا۔ تو میں بھی وعدہ کرتا ہوں کہ تنہا اپنی ذات کو لے کر دنیا میں نکلتا ہوں اور ہرگز آپ کے نام یا آپ کے خاندان کو زبان پر نہ لاؤں گا۔ اور نہ اس سے اپنا مستقبل بنانے میں کوئی امداد لوں گا۔"

"تم جا سکتے ہو" فیض صاحب نے کہا۔ اور کمرے سے نکل گئے۔

"ایک سیکنڈ تک تو ذاکر بھوچکا سا کھڑا رہا۔ اس کے بعد غیرت نفس کی حرارت اس کے جسم میں پیدا ہوئی۔ اور وہ مکان سے نکل گیا ٹکٹ لیا۔ اور سیدھا الہ آباد پہنچا اور ایک ہفتہ وہاں قیام کر کے کلکتہ کا رخ کیا۔ مکان سے روانہ ہونے سے قبل اس کے پاس سو روپے کے قریب تھے جو کلکتے پہنچتے تک ستر سے بھی کم رہ گئے تھے۔ اتنا بڑا شہر پھر قحط کا زمانہ اور ستر روپے۔

کلکتہ کا قحط اپنی تاریخ میں یادگار رہے گا قحط کسی چیز کی نایابی کو کہتے ہیں مگر یہ ایسا قحط تھا کہ ہر چیز موجود تھی ۔ اور پھر اس کا کال تھا ۔ ہندوستان ہندوستان کو کھا گیا تھا۔ وہ دولت کے بھوکے نہنگ جو رات دن سونے چاندی کے دریاؤں میں تیرتے رہتے ہیں بے زروں کو نگلے جا رہے تھے اس طرح نگلے جا رہے تھے کہ کوٹھوں میں اناج چھپا ہوا ہے، گھر میں روپیہ بھرا ہوا ہے اور دکان کی جھاڑ دے کر تمامی دکان لیے ایسے مغموم بیٹھے تھے گویا ان کا باپ مر گیا ہے ۔

بھوکوں کی ٹیلیں اسٹیشن کی طرف دوڑتی، مال گوداموں کی طرف لپکتی تو ان کو وہاں اناج کا ایک دانہ نہ ملتا۔ ہاں غلّہ بھری گاڑیاں دھڑ دھڑاتی اور ان کا مذاق اڑاتی ان کے سامنے سے گزر جاتیں۔ منڈی میں تمام کاروبار بدستور چل رہا تھا۔ لاکھوں کا بزنس روزانہ ہو رہا تھا۔ کروڑوں روپیہ بینک میں جمع ہو رہا تھا۔ ہر شے اس قدر سہولت اور اطمینان سے چل رہی تھی گویا لاکھوں کیڑے مکوڑے کی قسم کے انسانوں کا مرنا تباہ ہونا کلکتہ کی اصل زندگی سے خارج چیز ہے ۔

ڈاکر نے جو یہ خون کے آنسو رلانے والا نظارہ دیکھا تو وہ اپنے غموں کو بھول گیا افسوس اس کے پاس زیادہ پیسے نہ تھے کہ وہ فاقہ زدہ بچوں عورتوں اور مردوں کی مدد کرتا پھر بھی اس نے اپنے مستقبل سے غافل ہو کر پچاس روپیہ سے زیادہ بھوکی آتماؤں کو دے ڈالے اور چند ہی روز میں سب کچھ ختم کر کے وہ بھی ہندوستان کی ایک چوتھائی سے زیادہ اس بھوکی بستی کا ایک فرد ہو کر ان میں پڑا ہوا سسکنے لگا ۔

اس نے اپنے بھوکے پیٹ اور فاقوں سے گھلے ہوئے جسم کو لے جا کر چوراہے پر کھڑا کیا اور جس حد تک اس کی نقیہ آواز ساتھ دے سکتی تھی۔ اس نے غافل حکومت اور اندھے سرمایہ داروں کو عوام کی مصیبت کی طرف توجہ دلائی نتیجہ یہ ہوا کہ باغی سمجھ کر پولیس نے اس کا چالان کر دیا اور وہ جیل میں ٹھونس دیا گیا۔

پیٹ بھر کر کھانا جیل میں بھی نہیں ملتا تھا مگر سڑکوں پر فاقوں سے سسکتے رہنے کے مقابلہ میں یہاں نسبتاً کم فاقے تھے۔ چھ ماہ جیل میں کاٹ کر جب وہ باہر آیا تو پھر اپنے دھندے سے لگ گیا۔ پھر اس نے زیادہ سرگرمی سے ذمہ دار لوگوں کو ستانا شروع کیا پہلے تو بد معاش و دولت مندوں نے اس کو غنڈوں کے ذریعہ سے پٹوایا جب وہ اس پر بھی باز نہ آیا تو تھوڑی تھوڑی پھر زیادہ اور آخر میں معقول رشوت سے اس کی زبان پر قفل لگانے کی کوشش کی۔ ذاکر نے دھڑلتے سے رشوتیں لیں اور ننگوں بھوکوں میں تقسیم کر دیں۔

رشوتیں کھا کر بھی جب ذاکر کا منہ بند نہ ہوا تو سرمایہ ایک بار پھر اپنے پورے جاہ و جلال سے اٹھا اور اس کو ایک بار پھر جیل کی کوٹھری میں دھکیل کر مطمئن ہو کر بیٹھ گیا یہ سال ذاکر کا جیل میں بڑی سختی سے کٹا۔ وہاں اس نے اپنے ہی جیسے اور بھی چند ناکردہ گناہ لوگ پائے۔

اس طرح کلکتہ میں اس نے چند ماہ فاقوں میں اور ڈیڑھ سال جیل میں گزارا لوگ باہر سے کلکتہ سیر و سیاحت و تفریح کی غرض سے آتے ہیں۔ بد نصیب ذاکر کو یہاں یہ تفریح نصیب ہوئی۔ اگر تفریح کے جو یا سیاحوں کے پاس بھی پیسے نہ رہیں تو ان کو بھی یہاں ذاکر اور اس جیسے لاکھوں فاقہ کش لوگوں کی جماعت کا ممبر بننے کے سوا چارہ نہ تھا۔ مگر ان کی آئی بلا کو ذر ٹال رہا تھا۔

کچھ عرصہ بعد حکومت حالات پر قابو پانے لگی چنانچہ فاقہ زدوں کے ملک میں بھاری بھاری تنخواہوں پر ایسے ایسے قابل آفیسر آنے لگے جن کی نسل میں کے کسی دور کے فرد نے بھی کبھی فاقہ پڑنکیس یا بھوک کی تکلیف کا خواب نہ دیکھا ہو گا۔ انھوں نے تجاویز مرتب کیں۔ رپورٹیں لکھیں اور ان رپورٹوں کے چند صفحات میں غلہ کا ذکر کچھ اس طرح ضبط کر کے رکھ گئے کہ پورے بنگال کے کھیتوں میں بھی وہ شاید نہ سما سکتا تھا۔ ان داتاؤں کی

تشریف آوری مراجعت اور رپورٹوں اور تجاویز کا حال جب بھوکے بنگالیوں کو معلوم ہوا تو وہ فاقوں کے بجائے فرط مسرت سے مرنے لگے موت تو ناگزیر ہے مرنا اول آخر ہے۔

رپوٹ مرتب کنندگان اطمینان سے آکر گھروں میں بیٹھ گئے انھوں نے چونکہ ایک نہایت اہم و مقدس فرض انجام دیا تھا۔ چنانچہ ان کی رپورٹوں پر غور کرنے کے بجائے ان کے اعزاز میں مزید اضافہ کی تجاویز سوچی جانے لگیں چند ماہ بعد جب لوگوں کی نظریں پھر بنگال کی طرف گئیں اور انھوں نے وہاں بدستور شرح اموات کو دیکھا تو اب لوگوں کو یہ اندازہ لگانے میں بڑی دقت پیش آئی کہ یہ شائق مرگ بنگالی اب فاقوں سے مر رہے ہیں یا اپنے ہاں کی مرتب شدہ رپورٹوں کی خوشی سے بے قابو ہو کر مرے جا رہے ہے خیال یہی ہوتا ہے کہ ان کو چونکہ موت کا چسکا پڑ چکا ہے اس لیے کم و بیش دونوں وجود سامنے رکھ کر وہ دھڑا دھڑ اس ذلیل دنیا کو خالی کرنے میں لگے ہوئے ہیں۔

دکاندار نے کچھ عرصے کے بعد دیکھا کہ حالات ذرا سنبھل گئے ہیں تو اس نے چپکے سے اپنے چھپے ہوئے اور قحط بنگال سے بھی زیادہ اہم اور آڑے وقت کے لیے رکھے ہوئے اناج کو ترکیب سے بڑی قیمت پر بھوکوں میں تقسیم کرنا چاہا مگر احمق نے غلطی یہ کی کہ گراں لوگوں کو معقول رشوت دینے میں ذرا بخل سے کام لے گیا چنانچہ ہم سنتے ہیں کہ لاکھوں آدمیوں کے مرجانے کے بعد نجات کے بعد آہستہ آہستہ چھپا ہوا غلہ نکلنے لگتا ہے گدھ جردہ خور، غضب خدا کا آنکھوں کے سامنے لاتعداد انسان مر گئے دکاندار بے شمار لاشوں کو کچلتا ہوا تو گزر گیا۔ مگر اس شقی نے اپنے دبائے ہوئے ذخیرہ میں سے ایک دانہ نکال کر نہ دیا گراں فروشی کی حرص میں وہ تو اتفاق سے پکڑا گیا ورنہ شاید پورے بنگال میں سب کو ختم کر دینے کے بعد جب تک وہ تنہا خود ہی نہ رہ جاتا اس کی دکان غلہ کے لیے نہ کھلتی ہندوستان! آہ ہندوستان!!

پندرہواں باب

ذاکر دو سال تک جہنم زار کلکتہ میں رہا یہاں روزگار ملنا تو کجا دو وقت کی روٹی اس کو نصیب نہیں ہوئی جو شخص پورے سو روپے ایک سوٹ میں اور تیس چالیس روپے ماہوار قیمتی سگریٹوں میں صرف کر دیتا تھا. اب اس کے بدن پر ایک پھٹی ہوئی قمیض تھی بوسیدہ کرتا تھا اور میلا سا پاجامہ سگریٹ تو کجا ہفتوں ایک پیسہ کی بیڑی نصیب نہیں ہوتی تھی انڈے اور مکھن کا کیا ذکر پھل کا چھلکا بھی اسی کے مقدر میں نہ رہا تھا اوپر سے نیچے کی طرف اس طرح آجانے والے آدمی کی زندگی بڑی ہی تکلیف دہ ہوتی ہے مگر جینا پڑتا ہے جینے کی خاطر.

ذاکر کی یہ زندگی اس کی خود کی اختیار کی ہوئی تھی. اگر وہ گھر کی سنت دیرینہ اور باپ کی اعزاز پرستی اپنی زندگی کا قانون اپنا لیتا تو عیش و نعم پھر اس کے قدموں میں تھے. جاہ و حشم، عزت و دولت کو ٹھکرانے والے دنیا میں اس قدر کم ہیں کہ اگر ان سب کی سوانح کو یکجا کر کے کتاب مرتب کی جائے تو وہ چند ہی صفحات پر ختم ہو جائے گی.

اعزاز و ثروت کس کو بری لگتی ہے. آدمی نوان کے لیے اپنی عمر تیاگ دیتا ہے لیکن عیش و آرام، عزت و دولت سے بھی زیادہ قیمتی ایک اور چیز ہے وہ ضمیر کی صحیح آواز اور سچا اصول زندگی ہے. کسی نے فرمایا تھا کہ تم میرے ایک ہاتھ پر سورج رکھ دو اور ایک پر چاند، تو پھر بھی خدا کی قسم میں اپنے مشن کی تکمیل سے نہیں ہٹوں گا. کتنا بڑا ایثار ہے. کتنا وسیع ظرف ہو گا. ان الفاظ کو ادا کرنے والے کا اور کس قدر قوی ضمیر.

ذاکر راحت سے رخصت ہو کر بہت دنوں تک اس کو یاد کرتا رہا اور عرصہ تک

اس کے خط کا منتظر رہا لیکن جب اس کی کوئی خبر معلوم نہیں ہوئی تو رفتہ رفتہ اس کے دل پر مایوسی طاری ہونے لگی۔ بھول گئی شاید مجھے نکاح ہو گیا ہو گا کہیں۔ ایک طرح اچھا ہی ہوا۔ اگر میرے نام پر بیٹھی رہتی تو میری پارہ پارہ زندگی میں اس کو کیا ملتا۔ فاقے بیماریاں افسوس اس کا ہے کہ اس تمنا میں شمسہ بھی ہاتھ سے گئی خوبصورت اور دولت مند شمسہ مگر راحت نے تو پہلی ہی رات میں مجھے آزاد کر دیا تھا ہاں پہلے ایک کمزوری آس کا سہارا لے کر ہمیشہ کے لیے خود کو میرے سپرد کرنے کو تیار ہو گئی تھی۔ کاش میں اسی وقت اس کو اپنی زندگی کا شریک بنا لیتا۔ نہ معلوم کس لایعنی پکھ پر اپنے کو کس رہا تھا۔ خیر مجھ سے چوک ہوئی راحت ہاتھ سے نکل گئی میرے لیے وہی موزوں تھی ہم دو ننگے جسم تھے شمسہ میں یہ کمی تھی کہ اس کو اپنی برہنگی کا احساس نہ تھا۔ اس وقت بھی نہ ہوا جب وہ میری خلوت پر قبضہ کر کے اچھی طرح گھلی ہوئی میری آغوش میں گری تھی وہ سوچ رہا تھا۔

شمسہ سے پھر رجوع کروں راحت سے پھر ملوں مگر کیا میری موجودہ حالت میں کوئی بے وقوف لڑکی مجھے قبول کر سکتی ہے؟ ذاکر پھر سوچنے لگا مگر اس کے اس سوال کا جواب اگلے ہفتے ایک لڑکی نے دے دیا وہ ایک چمڑے کے بیوپاری کے ہاں نوکر ہو گیا تھا جس کے گھر میں ایک صندلی رنگ کی بڑی بڑی آنکھوں والی جوان سوتیلی لڑکی تھی سوتیلا باپ اس سے نجات پانا چاہتا تھا چنانچہ ذاکر چالیس روپے ماہوار اور ہمہ وقتی نوکری کی زندگی کے عوض اس کو اس لڑکی سے نجات دلا دی سوتیلے باپ کی جانب سے یہ بیچ ہوا تھا مگر ذاکر نے از راہ خدا ترسی عطیہ بانو کو قبول لا تھا عطیہ بہترین بیوی ثابت ہوئی کیونکہ مصیبت کے ماحول سے نکلنے کے بعد اس کو اپنے گھر میں راج کرنے کی زیادہ مہلت نہ ملی پیار کے دس ماہ بعد وضع حمل کے وقت وہ ذاکر کی آغوش میں ننھی سی بچی زکیہ کو چھوڑ کر اس دنیا سے رخصت ہو گئی۔

یہ ذاکر کی زندگی میں تبدیلی در تبدیلی تھی مگر چونکہ حقیقی نانی حیات تھیں اس لیے ذکی کی پرورش میں ذاکر کو زیادہ وقت نہیں اٹھانی پڑی پھر بھی وہ کلکتہ سے گھبرا اٹھا تھا۔ چنانچہ تین چار ماہ بعد وہ اپنے بچے کو نانی کی نگرانی میں چھوڑ کر وہاں سے نکل کھڑا ہوا اور کانپور چل دیا۔

یہ دیار، راحت تھا۔ مگر راحت یہاں سے پہلے ہی رخصت ہو چکی تھی یہ ذاکر کو معلوم نہ تھا اس کے مکان کا پتہ ذاکر کے پاس موجود تھا۔ خود تو وہاں نہیں گیا کسی ذریعہ سے اس کا حال دریافت کرا لیا تو معلوم ہوا کہ وہ کہیں چلی گئی ہے کسقدر احمق ہوں میں وہ اب یہاں کہاں اپنے میاں کے پاس کہیں ہوگی۔ اس نے دل میں کہا اور مجبوراً صبر کر لیا۔

دو تین ماہ کی بے کاری کے بعد اس کو ایک وکیل کے ہاں محرری مل گئی محرر وکیل کی تنخواہ تو چالیس پچاس سے زیادہ نہیں ہوتی مگر دست غیب زیادہ ہوتا ہے ذاکر پر بھی جب چند روز بعد اس قسم کے غیب کا ہاتھ کھلا تو وہ سٹ پٹا گیا۔ اس نے اپنی تنخواہ پر ہی گزارا کیا اور دنیا کی غیبی آمدنی کو نہ چھوا یہ چیز وکیل صاحب کی مزید آمدنی کا باعث ہوئی چنانچہ انھوں نے چند ماہ بعد اس کی تنخواہ میں اور اضافہ کر دیا۔

ذاکر اپنے بچے کی پرورش کے لیے برابر کچھ نہ کچھ خرچ روانہ کرتا رہا اس طرح اس نے کانپور میں تین سال گزار دیئے یوں اس کو مکان سے نکلے ہوئے پانچ سال اور کلکتہ چھوڑے ہوئے تین سال گزر گئے جب ذکی تین سال کا ہو گیا تو وہ اس کو جا کر لے آیا۔ اس طرح متاہل زندگی سے گزر کر وہ تجرد اور تجرد میں بھی عیال دار بن گیا زندگی اب بھی اس کی کاشانی ہوئی تھی اور وہ ہر پہلو سے جیسے جا رہی تھی۔

راحت کانپور سے رخصت ہو کر فیض آباد نانی کے ساتھ آ گئی دو تین ماہ تک اس نے بڑھیا کی اس قدر خدمت کی اور اس طرح تمام گھر کو سنبھال لیا کہ نانی تمام

فکروں سے (سوائے فکر افلاس کے) بے نیاز ہوگئیں۔ ایک ایسے گھر میں سے نکل کر آئی تھی جہاں اس کو چوبیس گھنٹے کنیز کی طرح کام کرنا پڑتا تھا اس لیے کام کاج اس کی فطرت ثانیہ بن گئے تھے۔ وہ کام سے نہیں گھبراتی تھی کام اس کو نہیں تھکا سکتا تھا۔ نہ کثرت کار اس کی صحت کو بگاڑ سکتی تھی۔ وہ تو سوتیلی ماں کا بے رحم شگفتہ برتاؤ تھا۔ جو اس کو کچلتا تھا۔

دو تین ماہ بعد فیض آباد میں اس کی صحت درست ہوگئی جب اس ضعیفہ کی زندگی سے اس کو نجات ملی تو نانی نے چاہا کہ کسی بھلے آدمی کے ہاتھ میں اس کا ہاتھ دے اطلاعاً انھوں نے اپنے اس ارادہ سے راحت کو بھی آگاہ کیا تو اس نے انکار کرتے ہوئے کہا "نہیں نانی اماں پھر تمہاری خدمت کون کرے گا میں تو تمہارے ہی پاس رہوں گی۔"

"نہیں بیٹی میری فکر نہ کر میں تو اپنے دن ختم کر چکی۔ تو کس طرح اپنی پہاڑ سی زندگی کاٹے گی" نانی نے کہا۔

اس کے بعد انھوں نے پاس پڑوس والوں سے لڑکا تلاش کرنے کو کہا راحت کے دل میں ایک بار ذاکر کی یاد کا ننھا شعلہ بھڑکا اور ایسا بھڑکا گویا اس کی تمام ہستی کو پھونک ڈالے گا نہیں وہ مجھے بھول چکے نہ جانے کہاں ہوں گے اور جہاں ہوں گے خوش و خرم ہوں گے خیر خدا ان کو ہمیشہ مسرور و شادماں رکھے اس نے دل میں کہا اور صبر کرلیا۔

لڑکوں کی کمی نہیں۔ مگر آج کل تو ان پڑھ اور نکمے لڑکے بھی مالدار اور خوب جہیز لانے والی لڑکی کی تلاش میں رہتے ہیں اس نسل کی یہ غیرت رہ گئی ہے کہ بیوی کے روپیہ سے عیش اڑانا چاہتے ہیں بے چاری نانی کے پاس کیا رکھا تھا کہ جہیز میں دیتیں۔ اپنی مرحوم بیٹی کی دو ایک چاندی کی چیزیں تھیں یا ایک انگوٹھی

اس مختصر جہیز پر لالچی نوجوان میں کون نکاح کے لیے آمادہ ہو سکتا تھا۔

"نانی اماں تم میری فکر نہ کرو سچ کہتی ہوں میں اپنی موجودہ حالت میں بہت خوش ہوں مجھے کسی چیز کی ضرورت نہیں۔ نہ دوا جان کو سکھ چاہیئے وہ اللہ نے آپ کے طفیل مجھے بخش دیا" راحت نے اپنی پریشان نانی سے کہا۔

"بیٹی! تو نے ابھی دنیا میں دیکھا ہی کیا ہے۔ خدا کرے زندگی کا سکھ چین اٹھائے تو نے مجھے ایسا آرام پہنچایا ہے کہ میری اپنی اولاد بھی نہیں پہنچا سکتی تھی۔" بڑی بی نے اس کو پیار کر کے کہا۔

"کیا میں تمہاری اولاد نہیں ہوں؟" راحت نے بڑی بی سے لپٹ کر کہا۔

انہوں نے اس کو چمٹا لیا اور بیس اور ستر سال کی دو عورتیں مل کر ایک نوے سال کی عورت بن گئی۔

"نانی اماں!" راحت نے تھوڑی دیر بعد کہا "مجھے ایک تدبیر سوجھی ہے میں نے مڈل تک پڑھا ہے اور میں لڑکیوں کو پڑھا سکتی ہوں۔ اگر میونسپلٹی کے کسی مدرسہ میں جگہ مل جائے تو کام بن جائے ذرا کوئی سفارش کر دے۔"

بڑی بی کا دل خوشی سے اچھل پڑا خوش ہو کر بولیں "بڑی اچھی بات ہے بیٹی ہاں اگر تجھے کسی مدرسہ میں نوکری مل جائے۔"

مگر کوئی زور لگانے والا ہونا چاہیئے۔" راحت نے کہا۔

بڑی بی سوچ میں پڑ گئیں۔ پھر بولیں "!

دیکھ میں اپنے پڑوسی منشی جی سے کہوں گی۔ ان کے وکیل صاحب کا قصبہ میں سب جگہ اثر ہے۔"

"کون منشی جی۔ شفاعت میاں؟ نہیں نانی اماں! میں ان کی سفارش نہیں چاہتی۔" راحت نے کہا۔

منشی شفاعت ایک بہت بڑے وکیل کے منشی تھے اور خوب کما رہے تھے پینتالیس پچاس کے درمیان عمر تھی۔ سات بچوں کے باپ تھے مگر پھر بھی بدنگاہی کا یہ عالم تھا کہ راحت کو چھپ چھپ کر کوٹھے اور کھڑکی میں سے گھورا کرتے تھے بالکل ملاہرا امکان تھا۔ اگر کسی روز راحت ان کی بیوی کے پاس چلی جاتی تو منشی اپنی ناجائز کمائی سے خریدے ہوئے پھل اور مٹھائی سے اس کی تواضع کرتے۔ وہ شدید کوشش میں لگے ہوئے تھے کہ راحت ان کے سامنے آنے لگے اس نے جوان کی نیت میں فتور پایا تو ان کے ہاں کا آنا جانا ترک کر دیا۔ منشی جی کی بیوی کئی بار نانی سے راحت کے ہاں نہ آنے کا گلہ بھی کر چکی تھیں اور نانی نے راحت سے ان کے گھر جانے کو اکثر کہا بھی مگر یوں ہو ہو گئی اس وقت منشی جی کا نام سن کر اس کے جل اٹھتے پر نانی نے ذرا کبیدگی سے کہا۔

راحت محلے والوں سے میل جول رکھنا بڑی اچھی بات ہے تو نے ناحق ان کے ہاں کا آنا جانا چھوڑ دیا۔ خیر تیری مرضی، نہ جا تو میں تو اپنے پرانے پڑوسیوں کو نہیں چھوڑوں گی اور شام ہی کو منشی جی سے تیری نوکری کا ذکر کر دوں گی۔"

راحت چپ ہو گئی۔ بڑی بی نے شام ہی کو جا کر منشی جی سے گڑگڑا کر اپنی اور راحت کی خواہش کا اظہار کیا وہ تو ہر وقت راحت کی خدمت کے لیے آمادہ تھے بولے۔

"صبح میں خود آپ کے مکان پر حاضر ہو کر راحت سے بات چیت کروں گا۔"

بڑی بی خوش خوش گھر آئیں اور اپنی کامیابی اس کو سنا دی۔

منشی جی صبح آٹھ بجے ہی آ دھمکے بڑی بی کو معلوم ہوا تو لپکی ہوئی گئیں اور ڈیوڑھی میں دری بچھا کر تپاک سے منشی جی کو بٹھایا پھر راحت سے پان لگوا کر لے گئیں۔

"کہاں ہیں راحت؟" منشی جی نے شوق سے گلوری کلہ میں دبا کر دریافت کیا۔

عورت، ہر مرد کو عورت کی پیاس ہے۔ عمر، سن وسال، پوزیشن ان سب کو چیرتی ہوئی عورت آ کھڑی ہوتی ہے۔ راحت میں اب بھی قیامت کی دل کشی تھی منشی اس کچی ہوئی

دل کشی کو بھی چرا لینا چاہتے تھے۔ اور اس کے عوض اس کو نوکری دلانے کو جان ودل سے تیار تھے مگر راحت اس سودے کے لیے آمادہ نہ تھی۔

"دیکھیے" راحت جب ڈیوڑھی کے قریب آکھڑی ہوئی تو منشی جی نے کہا۔

ہمارے وکیل صاحب میونسپل چیئرمین ہیں، چنانچہ آپ کو کل نوکر کرا دوں گا ہمارا انعام کب ملے گا؟" انھوں نے باچھوں پر سے پان کی پیک صاف کی اور جھک کر راحت کو دیکھنا چاہا مگر وہ پیچھے ہٹ گئی۔

بڑی بی نے منشی جی کو بہت سی مٹھائی کھلانے کا وعدہ کیا غرض عاشق صادق اور طالب وصل منشی جی نے اپنے وکیل صاحب سے سفارش کرکے تیسرے ہی دن راحت کو لڑکیوں کے مڈل اسکول میں پچیس روپیہ پر مسٹرس نمبر دو ادیا۔

اب اس کماؤ بیوی کے لیے شوہروں کی تلاش میں ایک گونہ دشواریاں کم ہو چکی تھیں چنانچہ نوکری کے چھ ماہ بعد ہی نانی کی کوشش سے بغیر جہیز کا مطالبہ کئے ایک رنڈوے لاولد کمپونڈر صاحب مل گئے جن کی عمر اڑتالیس کے قریب تھی اور سل کے پرانے مریض بھی تھے مگر لوگ ان کی کھانسی اور خون کو بگڑا ہوا نزلہ سمجھتے تھے اور وہ خود بھی اسی درازیٔ عمر خوش فہمی میں مبتلا تھے غرض وہ راحت کے ساتھ رحمان اور ذاکر کی غداری کے بعد اس کے شوہر نامدار بن گئے۔

تقریباً ان ہی دنوں یا ان سے ایک آدھ مہینہ پیچھے جب ذاکر کے گھر کلکتہ میں لڑکا ہوا تھا راحت کے ہاں بھی ایک لڑکی پیدا ہوئی خوب صورت۔ پیاری پیاری۔

اب تین سال سے راحت اس بچی کی محبت کے سہارے جی رہی تھی ورنہ اس کی زندگی میں کچھ نہ رہا تھا۔ راحت کے شوہر کی نوکری چھٹ چکی تھی اور اب وہ گھر میں صاحب فراش ہو کر خون تھوک رہا تھا شوہر کی دیکھ بھال بچی کی سنبھال گھر کی نگرانی کے علاوہ راحت مشین کی طرح مدرسہ میں لڑکیوں کو پڑھائے چلی جا رہی تھی تمام خرچ کا بار اسی

پر تھا وہ زندگیوں کا دارومدار اسی پر تھا۔ اور وہ مدرسہ سے تھکی ماندی آکر چولھے میں سر دیتی میاں کی تیمارداری کرتی، اپنی بچی کو نہلاتی، دھلاتی، یہ اس کی روزانہ کی زندگی کا معمول تھا وہ کام سے نہیں تھکتی تھی شروع ہی سے اس کی عادی رہنے کی وجہ سے کام کاج اس کی عادت ثانیہ بن گیا تھا۔ مگر شوہر کی گالیاں، اس قدر خدمت کرنے کے بعد بھی اس کے تھپڑ اس کے اپنے گھر کو بھی اپنی سوتیلی ماں کا گھر بنا رہے تھے بہر چند وہ مار پیٹ اور گالی گلوج سننے کی بھی ایک حد تک پرانی عادی تھی مگر یہ اس کا اپنا گھر تھا اس میں یہ مکروہات نہیں آنی چاہئیں آچکی تھیں کیا کرتی۔

جس طرح اس کو سوتیلی ماں سے نفرت ہو گئی تھی اس طرح شوہر کی بدسلوکی سے وہ اس سے متنفر تو نہیں ہوئی، مگر اس کا دل میلا ہو گیا اول تو وہ ایک اڑتالیس سالہ بدصورت اور کج خلق انسان سے محبت کر ہی نہیں سکتی تھی۔ ہاں قانون نے دونوں کو میاں بیوی بنا دیا تھا اور وہ میاں بیوی کی حد سے بلند نہ ہو سکے تھے اگر میاں بیوی میں باہمی محبت کا ہونا بھی ضروری ہے۔ اگر مرد کو عورت، عورت کو مرد دائمی طور پر مل جانے کے بعد بھی شوق۔ امنگ اور رانس کا قائم رہ جانا ممکن ہے تو یہ چیز شروع ہی سے ان کو حاصل نہ تھی راحت تو بس اپنی بچی کو دیکھتی تھی اور جیتی تھی۔

اس طرح عین اس زمانہ میں جبکہ ذاکر اپنے تین سالہ بچے کو لیے اور بیوی کو ضائع کر کے کانپور میں نوکری کر رہا تھا۔ راحت اپنی کم و بیش سہ سالہ بچی کو لیے اور شوہر کو ضائع کیے فیض آباد میں ملازمت کر رہی تھی۔ اس سے پہلے کے دونوں کے دو سال علیحدہ علیحدہ تھے یوں گویا وہ پانچ سال سے ایک دوسرے سے جدا تھے اور حال سے بھی بے خبر۔

سولھواں باب

ذاکر کے وکیل صاحب اس کی قابلیت و ذہانت سے بہت خوش تھے چنانچہ اس کی درخواست پر انھوں نے اس کو ایل۔ ایل۔ بی کے لیے لکھنؤ بھیج دیا اور تمام مصارف اپنے ذمے لے لیے یہ قرض حسنہ تھا اس کے علاوہ انھوں نے ذاکر کے بچے کو اپنی نگرانی میں لے لیا۔ اور وہ ان کے بچوں کے ساتھ پرورش پانے لگا۔

دو سال کے بعد ذاکر ایل۔ بی کر آیا۔ اور چند دن تک اپنے محسن کے زیر ہدایت کام کر کے خود مختارانہ مقدمہ بازی کی دنیا کے بیچ میں کود پڑا لیکن اس کو یہاں نہ آیا یہاں وکیلوں میں کچھ چشمک زیادہ تھی۔ اس لیے ذکی کو لے کر الٰہ آباد چلا گیا۔ مگر وہاں کی قانونی فضا کو بھی سخت پایا۔ آخر اس نے سوچا کہ مشق کی ابتدا کرنے کو شہر موزوں نہیں کیونکہ وہاں تو پہلے ہی بڑے بڑے گھاگ موجود ہوتے ہیں۔ اندھوں میں کانا راجہ بننے کے لیے قصبات زیادہ مناسب ہیں یہ سوچ کر وہ فیض آباد چلا گیا۔

ایک دو ماہ تو یہاں ہی اچھے نہیں گزرے آخر آہستہ آہستہ وہ کامیاب ہونے لگا تھوڑے دنوں بعد اس کو اتنا ملنے لگا کہ اپنی تعلیم کی مد میں قرضہ کی قسط ادا کر کے وہ گزر اوقات کر سکتا۔ اس کی قلیل آمدنی کی دراصل خاص وجہ یہ تھی کہ وہ بیشتر غربا کے مقدمات ہاتھ میں لیتا تھا جن سے نہ تو بھاری رقم اینٹھنے کا روادار تھا۔ اور نہ شاندار وعدے نادار لوگوں کے بہت سے مقدمات وہ مفت میں بھی لڑ آتا تھا۔ اس کی کامیابیوں سے متاثر ہو کر بڑے لوگوں نے بھی غریبوں میں سے اس کو چرا لینا چاہا۔ مگر اس نے ان کی طرف زیادہ توجہ نہیں کی۔

ذاکر کا چھوٹا سا دفتر تھا اور اسی سے ملحق اس کا مکان بھی دفتر مکان ہی کا حصہ تھا۔

جس میں صرف دو کمرے تھے اور معمولی سا فرنیچر کتابوں کا ذخیرہ بھی بڑا نہ تھا۔ گھر کی دیکھ بھال کے لیے ایک بڑھیا رکھوالی تھی جو کھانا بھی پکاتی تھی اور رذکی کی پرورش بھی کئی بار اس کے دوستوں نے مشورہ دیا کہ اس کو جلد دوسری شادی کر لینی چاہیئے بچہ کی پرورش بھی ہو جائے گی۔ اور اس کو آرام بھی ملے گا۔ مگر وہ خوب جانتا تھا کہ دوسری بیوی سے اولاد کی پرورش کی توقع رکھنا ایسا ہے جیسے کفر سے اسلام کی امید رکھنا رہا اس کا آرام تو جب اس کے بچے کو تکلیف پہنچے گی۔ تو آرام کا خواب بھی اس کو عنقا ہو جائے گا۔

مکان میں تین کمرے ایک کوٹھری اور بڑا سا صحن تھا دو کمرے مغرب کے رخ تھے اور بڑا کمرہ شمال کی طرف یہ کمرہ خواب گاہ بھی تھا۔ اور لائبریری بھی درمیان کا کمرہ رذکی اور بڑی بی کے لیے وقف تھا اور تیسرے کمرے میں کچھ ضروری سامان دو بڑے ٹرنک اور سامان پلنگ تھا۔ ہر چیز صفائی سے سجی ہوئی تھی اوقات فرصت میں ذاکر خود ان کمروں کی صفائی کرتا جھاڑو دیتا۔ اور سامان قرینے سے رکھتا۔۔

ایک صبح کو ذاکر دفتر میں بیٹھا ہوا مقدمہ کی تیاری کر رہا تھا کہ منشی کے ساتھ ایک ادھیڑ عمر انسان سوٹ ڈاٹے ہوئے اس کے کمرے میں داخل ہوا اس کے بشرے سے غرور و خشونت ہویدا تھی جس سے معلوم ہوتا تھا کہ وہ گورنمنٹ آفیسر ہے کیونکہ یہ نعمتیں ایسے ہی لوگوں کے حصہ میں آئی ہیں۔

ذاکر نے معمولی طریقے پر اس کا خیر مقدم کیا اور اس کے سراپا پر ایک نظر ڈالی قیمتی سوٹ سونے کی زنجیر اور چمکدار خوبصورت جوتا ایک ساڑھے پانچ فٹ لمبے اور جسیم آدمی کو لیے کھڑا تھا اس کے چہرے پر ہلکے ہلکے چیچک کے داغ تھے جن سے چہرے کی کرختگی میں اور اضافہ ہو گیا تھا۔ کنپٹیوں پر بال بالکل سفید ہو گئے تھے اور بڑے اہتمام سے سنوارنے کے باوجود سر کے کھچڑی بال گنجے پن کو نہ چھپا سکے تھے آنکھوں پر سنہرے پتھر کی عینک تھی منہ میں ایک لمبا سا سگار

"تشریف رکھیئے۔" ذاکر نے ایک کرسی کی جانب اشارہ کر کے کہا۔ وہ بیٹھ گئے۔

"آپ یہاں کے انسپکٹر آف اسکولز ہیں اور آپ کے پاس اپنا ایک مقدمہ لائے ہیں۔" منشی نے موکل کا دکھیل سے تعارف کراتے ہوئے کہا۔

"فرمایئے مقدمہ کی نوعیت کیا ہے؟" ذاکر نے کرسی کی پشت کا سہارا لیتے ہوئے دریافت کیا۔ موکل صاحب منشی کی طرف دیکھنے لگے۔

آپ کے منشی جی کے سامنے حالات بیان کرنے میں شاید تامل ہے مگر آپ کا مقدمہ ان سے کیسے چھپ سکتا ہے یہی تو کاغذات تیار کر کے مجھے دیتے ہیں خیر میں آپ کی خاطر تخلیہ کئے دیتا ہوں۔" ذاکر نے مسکرا کر کہا۔ منشی جی کھسک گئے۔

میں انسپکٹر آف اسکولس ہوں" موکل نے بار دیگر اپنا تعارف کراتے ہوئے کہا ان کی آواز گونج دار تھی ـــــ اور اپنے ماتحتوں پر حکم چلاتے چلاتے لہجہ خود بخود تحکمانہ بن گیا تھا۔

"جی یہ تو مجھے ابھی منشی جی سے آپ کے سامنے معلوم ہو چکا ہے" ذاکر نے میز پر ہاتھ رکھ کر کہا۔

واقعہ یہ ہے کہ میری پوزیشن پر ایک ناپاک حملہ کیا گیا ہے"۔ انسپکٹر صاحب نے کہا۔

"آپ تمام واقعہ بے کم و کاست سنا ڈالیے" ذاکر نے میز پر کہنیاں ٹیکتے ہوئے کہا۔

موکل کے تذبذب ہی سے اس نے اندازہ لگا لیا تھا کہ اس کے پاس کوئی جھوٹا مقدمہ لایا گیا ہے۔

واقعہ کوئی طویل نہیں ہے پندرہ روز ہوئے کہ میں لڑکیوں کے مدرسہ کے معائنہ کے لیے گیا تھا تو ہیڈ مسٹریس نے مجھ سے ایک استانی کی ترقی کی سفارش کی تھی۔ میں نے کوئی وعدہ نہیں کیا۔ اور بعد معائنہ یہ کہہ کر چلا آیا کہ آئندہ معائنہ پر یاددہانی کی جائے میں غور کروں گا۔ چنانچہ پرسوں میں پھر استعجابی معائنہ کے سلسلہ میں اس مدرسہ میں جا نکلا۔ اتفاق سے ہیڈ مسٹریس علالت کی وجہ سے اس روز اسکول نہیں آئی تھی میں

کلاسوں کو دیکھتا ہوا ٹیچرس روم کی طرف جا نکلا وہاں ایک استانی اکیلی بیٹھی ہوئی تھی شاید اپنا گھنٹہ ختم کرکے آئی تھی۔ میں کمرہ میں چلا گیا اور اس سے پڑھائی کے متعلق چند سوال کئے اور چلا آیا کل مجھے یہ ہیڈ مسٹرس کا مراسلہ ملا ہے۔ اس میں لکھا ہے کہ وہ استانی اس کے پاس روتی ہوئی آئی اور کہنے لگی کہ انسپکٹر صاحب نے اس کی آبرو پر حملہ کرنا چاہا۔ مگر عین وقت پر مدرسہ کی بھنگی کی مداخلت سے وہ کامیاب نہ ہو سکے چنانچہ اب وہ میرے خلاف مقدمہ دائر کرنے کا ارادہ رکھتی ہے اس لیے میں نے بھی سنبھلنا مناسب سمجھا اور اپنی عزت اور پوزیشن بچانے کی خاطر اپنا کوئی وکیل کھڑا کرنے کا ارادہ کیا۔

کچھ عجیب و غریب واقعہ ہے یہ تو" ذاکر نے سوچتے ہوئے کہا جس کی درمیانی چند کڑیاں ٹوٹی ہوئی معلوم ہوتی ہیں اور تو یہ بتایئے کہ ایک عورت اپنی آبرو کی پروا نہ کرتے ہوئے اس قسم کا جھوٹا مقدمہ کھڑا کرنے میں کیا غرض پنہاں رکھتی ہے۔"!

غرض تو صاف ظاہر ہے تاکہ میں اپنی پوزیشن اور عزت کے خوف سے اور مقدمہ سے بچنے کے لیے رشوت کے طور پر اسکی ترقی کردوں مجھے ہیڈ مسٹرس سے معلوم ہوا ہے کہ وہ وہی استانی ہے۔ جس کی ترقی کی اس نے مجھ سے سفارش کی تھی۔ انسپکٹر صاحب نے کہا۔

خوب گویا عزت بڑے آدمیوں کے حصہ میں ہی آتی ہے ایک غریب عورت اس سے محروم ہے ذاکر نے دل میں سوچا۔

ذرا مجھے ہیڈ مسٹرس کا خط دکھایئے، دیکھیئے وکیل موکل کے درمیان کوئی بات راز نہیں رہنی چاہیئے اس لیے آپ کو یہ مراسلہ بھی مجھے دکھانے میں کوئی تامل نہ ہونا چاہیئے۔" ذاکر نے کہا۔

انسپکٹر صاحب نے ایک لمحہ کے تذبذب کے بعد وہ خط ذاکر کو دے دیا وہ غور سے پڑھنے لگا اس میں استانی کا بیان تھا کہ انسپکٹر صاحب میرے کمرے میں آئے افسوس میرے پاس چادر یا برقع اس وقت نہ تھا اس لیے گھبرا کر اٹھ کھڑی ہوئی ان کی جانب پیٹھ موڑلی وہ میرے قریب آئے اور شانہ پر ہاتھ رکھ کر میرا نام دریافت کیا مجھ پر سخت گھبراہٹ طاری ہوگئی حیران

ہی کہ کیا کروں۔ چند سیکنڈ بعد میں نے ان کا ہاتھ اپنی کمر کے گرد محسوس کیا مگر وہ فوراً ہٹ گیا پیروں کی آواز ہوئی اور میں نے اندر کی چٹخنی لگنے کا کھٹکا سا سنا۔ میری گھگی بندھ گئی آواز منھ سے نکالنی چاہی، مگر جیسے زبان تالو سے چپک کر رہ گئی ہو۔ اس کے بعد انسپکٹر صاحب مجھے ڈھکیلتے ہوئے بڑی کرسی کی طرف لے گئے اور مجھے گود میں اٹھا لیا۔ میں نے پھر آواز نکالنی چاہی تو پہلے میرے منھ پر ہاتھ رکھ دیا۔ پھر اپنا منھ۔ اس کے بعد وہ مجھے لے کر کرسی پر دراز ہو گئے۔ میں نے طیش میں آکر ان کے ہاتھ میں کاٹ کھایا اور اس کے ساتھ ہی میرے حلق سے ایک چیخ نکل گئی۔ مدرسہ کا بھنگی کھڑکی کے قریب ہی جھاڑو دے رہا تھا۔ میں نے دیکھا کہ کوئی اچک کر کھڑکی پر نمودار ہوا اور کمرے میں کود پڑا۔ مدرسہ کا بھنگی ہی تھا جو اس وقت میرے حق میں فرشتہ سے کم ثابت نہ ہوا۔ انسپکٹر اس کو دیکھ کر سٹپٹا سے گئے پھر ایک دم اٹھ کھڑے ہوئے اور اس کے لات مار کر بولے: ’’اور ذلیل کیا ہے، ہر کیوں آیا ہے اندر‘‘ اس کے بعد چٹخنی کھول کر باہر نکل گئے اور اس طرح معائنہ میں مصروف ہو گئے جیسے کچھ ہوا ہی نہ۔ میں کئی منٹ تک بے دم سی پڑی رہی۔ شرم کے مارے کسی کے سامنے جانے کو منھ نہ ہوا۔ سیدھی مکان پر چلی آئی۔ آج آپ کو (ہیڈ مسٹریس) کو تمام قصہ سنا رہی ہوں۔ افسوس کہ مصیبت زدہ کا کوئی معاون نہیں ہے۔ لیکن میں نے ارادہ کر لیا ہے کہ انسپکٹر کے خلاف دعویٰ دائر کروں تاکہ ان کی جرأت میری کسی دوسری بہن پر نگاہ ڈالنے کی نہ رہے۔

ذاکر نے خط واپس انسپکٹر کو دے دیا۔ اس تحریر کا ایک ایک نقطہ پکار رہا تھا کہ یہ مظلوم کی آواز ہے۔

’’کیا عمر ہوگی اس کی؟‘‘ آخر ذاکر نے دریافت کیا۔

’’کہہ نہیں سکتا۔ اس کے قریب شکل سے ایک منتشرہ باہو گا‘‘ انسپکٹر صاحب نے کہا۔

’’جوان ہے؟‘‘

’’ہاں جوان تو معلوم ہوتی تھی!‘‘

"حسین؟" ذاکر نے پھر دریافت کیا۔

"ایں۔ حسین، حسین! تو کیا ــــ"

دیدہ زیب ہے" ذاکر نے ان کی مشکل حل کرنے کی نیت سے کہا۔

"نہیں کچھ ایسی عورت ہے ــــ کچھ اس قسم کی ــــ آپ نے شاید دیکھی ہوں ایسی عورتیں جن کو دیکھ کر انسان بے قابو ہو جاتا ہے" انسپکٹر صاحب نے کچھ جھینپتے ہوئے کہا۔

"تو گویا اس استانی نے آپ کو بھی بے قابو کر دیا تھا؟" ذاکر نے ہنس کر کہا۔

کیسے ہو سکتا ہے۔ میں نے تو ویسے ہی کہہ دیا ہے" انسپکٹر صاحب نے سنبھلتے ہوئے کہا۔

بہتر ہے میں غور کر دوں گا۔ آپ کا کیس دراصل کچھ کمزور سا ہے جس میں کئی جگہ تو اس قدر کچا پن ہے کہ بہت سی ادھر ادھر کی باتیں ٹھونسنے کی ضرورت ہے" ذاکر نے کہا۔

"آپ کی فیس کیا ہوگی؟"

میں ابھی فیس نہیں ٹھہرا سکتا۔ جب تک میں اطمینان نہ کر لوں گا کہ اس قسم کے کیس کو سچا ثابت کر سکوں گا اس وقت تک میں اس کو ہاتھ میں لینے کا وعدہ بھی نہیں کر سکتا" ذاکر نے کہا۔

"یوں تو میرا بڑا وقت ضائع ہو جائے گا اگر اس عورت نے دعویٰ دائر کر دیا اور میں تلاش وکیل ہی میں رہ گیا تو لینے کے دینے پڑ جائیں گے" انسپکٹر صاحب نے کہا۔

"آپ اس قدر گھبرا کیوں رہے ہیں جیسے واقعی آپ سے جرم سرزد ہو گیا ہے۔ میں پرسوں تک اپنے فیصلے سے آپ کو آگاہ کر دوں گا۔ مہربانی کر کے اپنا پتہ دیتے جائیے۔"

"یہ لیجئے" انسپکٹر صاحب نے اپنا کارڈ دیتے ہوئے کہا۔ پھر بولے۔

"میں نے آپ کی بہت تعریف سنی ہے۔ اس لئے پہلے آپ ہی کے پاس آیا ہوں۔ اگر آپ نے میرے کیس کی کامیابی سے پیروی کی تو پانچ سو روپیہ کے علاوہ کچھ اور نذر کروں گا" انسپکٹر صاحب نے کہا اور چلتے چلتے دس روپے میز پر رکھ کر بولے۔

یہ لیجئے۔ میں نے آپ کے پندرہ منٹ ضائع کئے۔
"نہیں" ذاکر نے روپئے واپس کرتے ہوئے کہا۔
"میں ابھی اس قدر مصروف وکیل نہیں ہوا ہوں کہ مجھے اپنے وقت پر قیمت لگانی پڑے اگر میں آپ کے مقدمہ سے مطمئن ہوگیا تو اس وقت دیکھا جائے گا۔"
"خیر آپ کی مرضی" انسپکٹر صاحب نے نوٹ واپس رکھتے ہوئے کہا "امید ہے کہ آپ پرسوں تک یقیناً میرا کیس لے لینے کا فیصلہ کرلیں گے اچھا آداب عرض۔

سترہواں باب

دوسرے روز ذاکر انسپکٹر صاحب ہی کے کیس پر پہلے غور کر رہا تھا۔ تمام واقعات ان کے خلاف تھے اسکول کے رجسٹر سے بآسانی معلوم ہوجائے گا کہ مدعی استانی کا اس روز کون سا گھنٹہ خالی تھا۔ پھر انسپکٹر صاحب کی مدرسہ میں تشریف آوری بھی وہاں درج ہوگی دونوں کا وقت مل جائے گا۔ اس کے علاوہ بھنگی کی شہادت جو چشم دید ہے استانی کا ہیڈ مسٹرس کو لکھا ہوا خط۔ جس کو اگر تلف نہ کر دیا گیا لیکن تلف بھی اگر کر دیا جائے تو کیا وہ استانی اس قدر احمق ہے کہ اس نے ہیڈ مسٹرس سے اس کی رسید بھی نہیں لی ہوگی۔ معائنہ شروع کرنے سے تین انسپکٹر صاحب کی پندرہ منٹ تک کی غیر حاضری جو بآسانی اسکول کا ریکارڈ ثابت کردے گا یہ تمام واقعات ناقابل تردید ہیں اس طرح ذاکر بلا ارادہ انسپکٹر صاحب کو مجرم بناتا جا رہا تھا۔ اور استانی کو مظلوم اور خود بخود اسی کے حق میں دلائل اس کے دماغ میں پیدا ہوتے چلے جا رہے تھے۔
دفعتہً ذاکر نے دوسرے کمرے میں منشی کی کرخت آواز سنی جیسے کسی کو ڈانٹ رہے ہوں یا لڑ رہے ہوں اس نے ان کو آواز دے کر معاملہ معلوم کرنا چاہا تو منشی جی منہ میں

کف بھرے ہوئے اندر داخل ہوئے۔ مردود پاجی دماغ چاٹ ڈالا میرا۔ ان کی زبان سے نکلا۔

"یہ کیا میرے لیے ارشاد ہو رہا ہے منشی جی؟" ذاکر نے ہنس کر دریافت کیا۔

"ایں۔ کیا جناب ابھی سالا مانتا ہی نہیں۔ کہہ دیا کہ وکیل صاحب اگر غریبوں کے مقدمات لیتے ہیں۔ تو اس کے یہ معنی تھوڑی ہیں کہ بھنگی چماروں تک کی پیروی کریں گے۔" منشی جی نے اس طرح کہا گویا اب بھی وہ اسی شخص سے مخاطب ہیں جس سے لڑ کر نیچے سے آرہے تھے۔

"کیا بات ہے۔ کیا ہوا آخر کس پر خفا ہو رہے ہیں؟" ذاکر نے مسکرا کر دریافت کیا۔

"اجی ـــــ! کوئی بھنگی ہے۔ گھنٹہ بھر سے میرے سر ہو رہا ہے کہ وکیل صاحب سے جا کر کہو کہ ایک غریب عورت کا مقدمہ سنبھال لیں۔ ہوں ہوگی کوئی بھنگن۔ ا

کوئی بات کہ رذیلوں کے مقدمات بھی ہم لے لیں؟" منشی جی نے کہا۔

"وکالت خود بھی تو ایک ایسا ہی پیشہ ہے منشی جی! کیا وہ کوئی بھنگی۔ ۔ ۔ ؟ ذرا بھیجیے تو اس کو یہاں" ذاکر نے کہا

"کیا فرمایا آپ نے؟ ارے واہ جناب میں سید ہوں ـــــ"

"جی وہ مجھے معلوم ہے، اور اگر اس بھنگی کے یہاں آجانے سے میں گندہ ہو گیا تو آپ کے قدم چوم کر پاک ہو جاؤں گا گھبرائیے نہیں۔" ذاکر نے ہنس کر کہا۔

منشی جی بڑبڑاتے ہوئے چلے گئے۔ کل کے لونڈے ہیں نہ اپنی شرافت کا خیال کرتے ہیں نہ دوسروں کی اس کے بعد انھوں نے باہر جا کر بھنگی سے کہا جا بے اوپر چلا جا تیرے آقا بلا رہے ہیں خبردار میرے سکرٹ سے بچ کر نکلنا۔

چند منٹ بعد ذاکر کمرے کے دروازہ کے قریب ایک ادھیڑ عمر کا بہت غریب سا آدمی ڈرتے ڈرتے آکھڑا ہوا اور ذاکر کو دیکھ کر زمین بوس ہو گیا۔ "آؤ بھائی اندر آجاؤ" ذاکر نے اس کو جرأت دلاتے ہوئے کہا۔ وہ ترساں اندر آگیا اور ایک کونے میں دبک کر کھڑا ہو گیا

"مجھ سے کوئی کام ہے تمہیں؟" ذاکر نے دریافت کیا۔

"حجور! آپ سے کس گریب کو کام نہیں ہے آپ آگیا دیں تو میں اپنا بتی (مطلب) کہوں" بھنگی نے کہا۔

ہاں ہاں۔ جرور۔

"یہ تنا حجور چھوریوں کے مندرسے (مدرسے) میں میتر (مہتر) کا کام کرتا ہوں چار پانچ دن ہوئے ہمارے مندرسے میں انپٹر صاحب (انسپکٹر صاحب) آئے تھے اور ایک ماسٹرنی کی اجت (عزت) بگاڑنے والے تھے پن میں نے بچا لیا حجور وہ ماسٹرنی بوت (بہت ہی گریب) غریب ہے۔ آپ اس کا کمدما (مقدمہ) لے لیں تو بڑی دیا ہوگی میں اس کے پاس سے آریا (آرہا ہوں) موں روئے جا رہی ہے کیوں ہے رکھوے اہے کہ پیسہ پاس نئی (نہیں) ہے۔

کیا کمدما غریب کو اس قدر غریب کا خیال۔ یہ گندے نہگے ننگے افلاس زدہ جسم ایک دوسرے سے کس قدر جڑے ہوئے ہیں۔ اصل بھائی چارہ انہی کے درمیان ہے جب تک تمام دنیا کے انسان ایک حیثیت اختیار نہ کریں گے۔ نہ تو کبھی جنگیں بند ہوں گی اور نہ کبھی عام پیار کی فضا پیدا ہو سکتی ہے ذاکر سوچ رہا تھا۔

تم مجھے اس ماسٹرنی کے مکان پر لے چل سکتے ہو۔" ذاکر نے دریافت کیا۔

"حجور میں نے اس سے پوچھا نئی ہے۔ پوچھ لوں پھر آپ کو لے جاؤں گا" بھنگی نے کہا۔

"اچھا تو تم اس وقت صرف یہ معلوم کرنے آئے تھے کہ میں کسی غریب کی پیروی کر سکتا ہوں یا نہیں خیر تم جا کر دریافت کرو، اگر وہ محلہ والوں کی وجہ سے یا کسی اور وجہ سے مجھے اپنے گھر بلانا پسند نہ کرے تو تم اس کو تانگے میں یہاں لا سکتے ہو تانگے کے یہ پیسے لو" ذاکر نے اس کو ایک روپیہ دے کر کہا۔ "اور اگر وہ یہاں بھی آنا نہ چاہے تو مدرسے میں یا جہاں اس کا جی چاہے مجھے بلا کر اپنا دکھ سنا سکتی ہے میں اس کے مقدمہ کی پیروی کرنے کو تیار ہوں اور اس سے کہہ دینا کہ فیس کی کوئی فکر نہ کرے میں ویسے مقدموں کی کوئی فیس نہیں لیا کرتا ہوں اچھا چونکہ تم بھی غریب ہو اور ایک غریب بے آسرا عورت کی مدد کر رہے ہو اس لیے یہ پانچ روپے لو۔

یہ میں انعام نہیں دے رہا ہوں بلکہ غریبوں کا پالنے والا میرے ہاتھوں سے تمہیں دلا رہا ہے۔

نئی سرکار میں اس کا بل (قابل) نئی رہنی ہوں، کیسی بھولی اور سیدھی سادی ہے وہ ماسٹرنی اس کو دیکھ کر آپ کے دل میں آپوں آپ دیا بھر آئے گی۔ مہتر نے کہا۔ مگر ذاکر کے اصرار نے اس کو روپئے قبول کرنے پر مجبور کر دیا؟

میں غریبوں کو دیکھ کر دیا نہیں کرتا ہوں بالکہ ان کا نام سن کر ہی میرے دل میں رحم پیدا ہو جاتا ہے۔ تم شام کے پانچ بجے تک مجھے جواب دے جانا۔ اگر دیر کی تو میں کل شاید بک جاؤں۔" ذاکر نے کہا۔

مہتر سلام کر کے چلا گیا۔

خوب ایک ساتھ۔ مدعی و مدعا علیہ کا مقدمہ آیا۔ وہی غریب ماسٹرنی معلوم ہوتی ہے جس کے خلاف انسپکٹر صاحب مجھے لڑنے کے لیے پانچ سو روپئے دے رہے ہیں۔ ایک طرف یہ رقم جس سے مدتوں کے رکے ہوئے اخراجات چلیں گے، دوسری طرف کچھ بھی نہیں مگر ایک طرف ظالم ایک طرف مظلوم ایک طرف جھوٹ، ایک طرف سچ سچ مقدم ہے میں سچ ہی کی پیروی کروں گا۔ ذاکر نے دل میں کہا۔

ذاکر کا دفتر سر راہ نہ تھا بلکہ سڑک سے ہٹ کر ایک طویل کوچے میں تھا۔ شام کو وہ پانچ بجے کچہری سے آیا غسل کیا اور چائے کا انتظار کر رہا تھا کہ منشی جی چہرے پر سینکڑوں بل ڈالے ہوئے اس کے کمرے میں داخل ہوئے اور انتہائی بیزاری سے بولے۔

"وہ جناب آپ کا صبح والا مہتر پھر کھڑا ہے اور اس کے ساتھ میلے سے برقع میں کوئی عورت بھی آئی ہے میری سمجھ میں نہیں آتا کہ آپ نے اس بھنگی کو اتنا سر کیوں چڑھا لیا ہے۔"

ابھی آپ کی سمجھ میں آجائے گا۔ ان کو دفتر میں بٹھائیے۔" ذاکر نے مسکرا کر کہا۔

"دفتر میں بٹھاؤں! اور اگر کوئی چیز پار کر دی اس نے؟" منشی جی نے حق نمک خواری ادا کرتے ہوئے کہا۔ میں نے تو ان کو گلی کے نکڑ پہ بٹھا رکھا ہے۔

"نہیں نہیں۔ ان کو دفتر میں بٹھا دیجئے۔ اطمینان رکھئے، غریب آدمی چوری نہیں کیا کرتے ہیں۔ یہ ہم آپ پیٹ بھروں کا کام ہے۔"

منشی جی پھر بڑبڑاتے چلے گئے "عجیب وکیل پایا ہے۔" انھوں نے زیر لب کہا۔

ذاکر نے چائے کا انتظار نہیں کیا۔ بڑی بی سے کہہ دیا کہ تین پیالی چائے دفتر میں بھجوا دیں اور خود باہر چلا آیا۔ دفتر کے برآمدے میں اس نے مہتر کو کھڑا ہوا پایا۔ جو اس کو دیکھ کر پھر زمین بوس ہو گیا۔ کمرے میں ایک سکڑی سکڑائی ایک برقع پوش عورت بیٹھی ہوئی تھی وہ سیدھا اپنے کمرے میں چلا آیا اور اس کے پیچھے پیچھے چائے اس نے پہلے دونوں موکلوں کے لیے باہر چائے بھیجی۔ پھر خود پی۔ اس کے بعد مہتر کو آواز دے کر اندر بلایا۔

"تمہارا نام کیا ہے؟ میاں!"

"سرکار بدھو" مہتر نے کہا۔

"اچھا سرکار بدھو" ذاکر نے ہنس کر کہا "تم باہر دھوپ میں کیوں بیٹھے ہو، کمرے میں جا کر بیٹھو۔ ماسٹرنی جی کو اندر بھیجتے جاؤ۔ ان سے چند باتیں ایسی دریافت کرنی ہیں جن کو شاید وہ تمہارے سامنے بیان کرنا پسند نہ کریں۔"

"نئی بچو رہیں تو برآمدے میں بڑے آرام سے ہوں منشی جی کے کمرے کے پاس گیا تو وہ مجھے یہاں بٹھا گئے ماسٹرنی کو بھیجو ہوں سرکار کے پاس" یہ کہہ کر بدھو صاحب چلے گئے۔

چند منٹ بعد پیروں کی چاپ ہوئی اور کوئی اندر داخل ہوا ذاکر نے ایک سکینڈ کے لیے نظر اٹھائی پھر نیچی کر لی۔ ماسٹرنی تھی وہ پشت موڑ کر بیٹھ گیا اور کرسی بڑھا کر بولا تشریف رکھیے۔ لیکن ماسٹرنی بی جہاں تھیں وہیں کھڑی رہیں۔ ذاکر پھر ان سے کرسی پر بیٹھنے کی درخواست کرنے والا تھا کہ ایک ہلکی سی سرسراہٹ ہوئی پھر تیز تیز سی سانس کی آواز آئی اور اس کے بعد "ذاکر" ماسٹرنی کے منھ سے نکلا۔ یہ آواز ایسی تھی جیسے قبر سے آئی ہو جیسے ایک طویل دردبھری آہ ہو۔

ذاکر جیسے اچھل پڑا۔ اس نے گھبرا کر مڑ کر دیکھا، اور فرطِ حیرت سے اٹھ کھڑا ہوا۔ اس کا منہ کھلا کا کھلا رہ گیا اور حلق چپک گیا۔

"ذاکر — !نہیں پہچانا مجھے۔ بھول گئے — آہ" ان کلمات کے ساتھ ماسٹرنی اس پر گر پڑی۔

"راحت! — ارے راحت!! — میری —" ذاکر نے اس کو بازوؤں میں سنبھال کر اسی قدر حیرت سے کہا۔

"ذاکر — تم ہو میرے ذکیل — میرے اپنے — تم ذاکر ہی ہو میری آنکھیں دھوکا تو نہیں دے رہی ہیں" راحت نے اس کے شانے پر سر رکھ کر سسکیاں لیتے ہوئے کہا۔

"ہاں ہاں میں ہی ہوں۔ بہت بدل گیا ہوں میں راحت۔ مگر تم اب بھی ویسی ہی ہو"۔ اس نے اس کو اچھی طرح جمع کرتے ہوئے کہا۔

کئی منٹ تک یہ دیوانگی طاری رہی آخر ذاکر نے آہستگی کرسی ہی پر بٹھا دیا اور پیار کی نظروں سے اس کو دیکھنے لگا۔ سات سال پہلے ایک الھڑ ملیح قیامت کے ناک نقشہ والی متناسب الاعضاء لڑکی ایک تاریک و سرد رات میں اس کے بازوؤں میں سوئی تھی جناب سات سال کی طویل نیند کے بعد صرف اس قدر متغیر نظر آ رہی تھی کہ بہت دبلی ہو گئی تھی، ورنہ اب بھی اس کے بشرے پر لڑکپن مسکرا رہا تھا کیسی اچھی اچھی لڑکی تھی وہ کیسی اچھی لڑکی ہے یہ۔

"اس طرح کیا دیکھ رہے ہو جیسے کھا جاؤ گے مجھے" راحت نے پہلی بار مسکرا کر کہا۔

وہی تنگ دہانہ وہی پتلے ہونٹ جو صرف تبسم اور پیار کے لیے بنے مسکراہٹ بھی۔

"میں یہ دیکھ رہا ہوں کہ تم تو بالکل وہی راحت ہو" ذاکر نے دیوانہ وار اس کے ہاتھ کو جھپٹ کر کہا۔

"اور میں یہ دیکھ رہی ہوں کہ تم بھی بالکل وہی ذاکر ہو جس کی پہلے سنجیدگی صرف دھوکا

معلوم ہوتی تھی اور اب حقیقت اور جو پہلے خوش پوش دولتمند نوجوان تھا اللہ اب صرف ستر پوش ادسط درجہ کا آدمی نظر آتا ہے جسے راحت نے اٹھ کر اس کے چہرے کو دونوں ہاتھوں میں لے لیا اور دونوں روحیں ایک دوسرے کو بہت قریب سے دیکھنے لگیں۔

اٹھارہواں باب

کئی منٹ تک کمرے میں خاموشی طاری رہی ذاکر اس طرح راحت کے سر پر ہاتھ پھیر رہا تھا جیسے وہ اس کی بچی تھی اور راحت بھی اس پر اس طرح جھکی ہوئی تھی جیسے فطرت نے صرف اس کی محبت کے لیے اس کو عورت بنایا تھا۔

"راحت"! آخر ذاکر نے سکوت توڑا۔

"فرمایئے فلسفی صاحب"! راحت نے مسکرا کر کہا۔

"اوہ وہ فلسفی مر گیا"۔

"اور برہنہ کا کیا حال ہے۔ وہ مر گیا یا زندہ ہے"؟ راحت نے ہنس کر دریافت کیا۔

"وہ تو زندہ ہے، ہمیشہ زندہ رہے گا۔ اس وقت تک زندہ رہے گا جب تک تمام دنیا کی ستر پوشی نہ کر دے گا" ذاکر نے ہنس کر کہا۔ دونوں ہنس دیئے۔

بود صو غریب باہر قہقہوں کی آواز سن کر حیران ہوا کہ یہ کیسا مقدمہ ہے۔ کیا یہ اسکی گمبھیر ماسٹرنی جی تھیں جن کو اس نے آج تک اسکول میں کسی سے ہنستے بولتے نہیں دیکھا تھا یا کمرے میں کوئی تیسرا آدمی اور آ گیا ہے جو دکیل سے مل کر بیچاری ماسٹرنی کا مذاق اڑا رہا ہے۔

منشی جی کی مداخلت کا خوف نہ تھا۔ کیونکہ بیزاری کے جذبات نے ان کو دور رہنے پر مجبور کر دیا تھا۔

"ہاں تو حضور مجھ سے کیا دریافت کرنے والے تھے"؟ راحت نے مسکرا کر دریافت کیا۔

"اب تک کی تمام تمہاری داستان" ذاکر نے کہا۔

"یہ فرصت میں"

تو پھر ایک اور سوال؛ ذاکر نے کہا۔

"مثلاً"؟ راحت نے دریافت کیا۔

ایک مدت کے بعد خوش طبعی نے اس پر عنایت کی تھی ذاکر کو دیکھ لینے کے بعد وہ اپنے کو تمام غم والم سے آزاد پا رہی تھی۔

"مثلاً یہ کہ کیا تم اب بھی —— کیا تم کو اب بھی میرا خیال ہے"؟ ذاکر نے کہا۔

"اب بھی سے کیا مطلب"؟ راحت نے غنچہ کی طرح مسکرا کر پوچھا۔

"یہی کہ پہلے نہ تھا۔ بعد کو ہو گیا ہو جو اب تک برقرار ہو"

"اچھا راحت نے اچھا کو اچھی طرح کھینچکر ادا کرتے ہوئے کہا" خوب وہ اپنے کو سزا دینے کا الجھا ہوا فلسفہ وہ الٹی سیدھی باتیں سات سال پہلے میں نے ہی کہی ہوں گی"

"ایں —— ہاں —— اچھا اچھا —— شکر ہے تمہیں میرا اب بھی خیال ہے میں تمہارے لیے کیسا کیسا تڑپا ہوں" ذاکر نے کہا۔

بڑا کرم کیا آپ نے میرے حال زار پر" راحت نے ہنس کر کہا۔

"اچھا یہ بتاؤ۔ تم اب تک آزاد ہو؟ کوئی معقول مرد نہیں ملا تم کو اب تک"؟

دیکھئے جناب اب آپ میری خارجی زندگی کے قریب آ رہے ہیں۔ میں اپنے جسم اور اس کے اندر اب جیسی بھی مضمحل روح رہ گئی ہے اس کے ساتھ آپ کی ہوں گی آپ میری بیرونی زندگی کو کیوں چھیڑ رہے ہیں جبکہ میں نے آپ سے کوئی اس قسم کا اب تک سوال نہیں کیا" راحت نے افسردہ تبسم سے کہا۔

بات معقول ہے۔ اب تم بہت سمجھدار ہو گئی ہو۔ تمہاری اس وقت کی خوش طبعی سے

مجھے گمان گزرا کہ اس اندھیری رات کے بعد کی تمام مسلسل راتیں کالی نہیں گزریں
بلکہ تمہارے لیے مسرت کا سامان کرتی رہیں۔"
"چچا بیچارہ کا حال اچھا نہیں ہے۔ نہ معلوم کس کو دیکھ کر اس وقت منھ پر رونق آگئی
ہے۔" راحت کی خوبصورت آنکھوں میں آنسو آگئے۔
"اجی واہ چچا غالب کی استانی۔ یہ ہنستے ہنستے ایک دم آپ کی حسین آنکھیں اشکوں سے کیوں
چھلکنے لگیں۔" ذاکر نے اس کے سر کو چوم کر کہا۔
"کیونکہ یہ آنکھیں بہت پیاسی ہیں۔ ہمیشہ پیاسی رہی ہیں۔"
"مجھے دیکھ کر بھی؟"
"یہ اشکوں کی بھڑکائی ہوئی آگ تھی ذاکر جس سے میری آنکھیں اس وقت جل اٹھیں۔"
"راحت! تم کس قدر دبلی ہو گئی ہو۔ بالکل زرد پڑ گئی ہو۔ کیا بات ہے؟" ذاکر نے
ہمدردی سے دریافت کیا۔
"یہ زندگی کے عشوے ہیں۔ تم کہہ رہے ہو کہ تم سے جدا ہو کر میرے دن مسرت
افزا گزرے ہیں۔" راحت نے ایک ٹھنڈا سانس بھر کر کہا۔
"میں نے دن نہیں کہا تھا۔ راتیں کہا تھا۔" ذاکر نے مسکرا کر کہا۔
"مگر میرے دن بھی کالی راتوں سے کم نہ تھے۔" راحت نے اسی افسردگی سے کہا۔
"تو آؤ اب مقدمہ کی بات چیت کریں۔ اصل چیز کو تو ہم بالکل ہی بھول گئے۔" ذاکر
نے اس کو مزید دلگیر ہونے سے بچانے کو کہا۔
"بس تمہیں دیکھ لینے کے بعد اب سب کچھ بھول گئی آہ ذاکر! یہ مقدر کی کتنی بڑی عنایت
ہے کہ اس طرح اچانک سات گرم سرد سال کے بعد تم بالکل اتفاق سے آج مجھے مل گئے۔"
راحت کا دل امنڈ آیا اور اس کی آنکھوں سے غم و مسرت کے آنسوؤں کی جھڑی لگ گئی۔
ان متضاد جذبات نے اس کے کمزور جسم کو ہلا ڈالا۔ دفعتاً سینے میں ایک شعلہ سا اٹھا۔

گرم گرم پھندا حلق میں آکر اٹکا اور ہلکی سی کھانسی کے بعد اس کے منہ سے خون کی کلی نکل پڑی اور روکتے روکتے کمرے کے فرش پر ایک بڑا سا سرخ سرخ گول داغ خون کا جم گیا۔

ذاکر کو ایسا معلوم ہوا جیسے راحت ذبح کر کے فرش پر ڈال دی گئی ہو اور تڑپ رہی ہو۔ وہ گھبرا کر اٹھ کھڑا ہوا اور راحت کے کپکپاتے خون آلود ہونٹوں پر سے لہو صاف کرنے لگا اس کے ہونٹ خون سے اس قدر تر ہو رہے تھے جیسے بچہ کسی میٹھی چیز سے منہ لیتھڑ لیتا ہے۔

"ایں یہ کیا راحت! ارے یہ کیا ہوا" ذاکر نے آہستہ سے اس کا چہرہ اٹھاتے ہوئے دریافت کیا۔

راحت کو ایک ہلکا سا چکر آگیا تھا۔ ایک بار پھر اس کے سینے میں ایک تیز ابال اٹھا حلق میں آکر رکا اور اب کے زیادہ مقدار میں گرم گرم تازہ تازہ خون اس کے منہ سے ابل کر ذاکر کے ہاتھ کو رنگتا ہوا میز پر پھیل گیا۔ اس کے بعد راحت کی آنکھوں کے نیچے اندھیرا آگیا اور پیشانی ٹھنڈے ٹھنڈے پسینے سے نمناک ہوگئی۔ ایک منٹ میں وہ لاش کے مانند نظر آنے لگی تھی۔

ذاکر نے لپک کر اس کو گود میں اٹھالیا۔ وہ کیسی ہلکی تھی جیسے پروں کا ڈھیر دوسرے کمرے میں لے جا کر اس کو قالین پر لٹا، اس کی پیشانی اور آنکھوں پر ٹھنڈے پانی کے چھینٹے دیئے اور تھوڑا سا حلق میں بھی ٹپکایا۔ چند منٹ بعد اس کی آنکھیں پپوٹوں میں حرکت کرنے لگیں۔

ذاکر اس کے منہ کے قریب منہ لے گیا۔ وہ مورت کو بوسہ دے رہا تھا اور آہستہ سے بولا "اچھی راحت! کیسا جی ہے اب؟"

راحت کے صرف لب ہل کر رہ گئے۔ اس نے اپنے ناتواں ہاتھ سے ذاکر کا چہرہ اپنے منہ کے قریب سے ہٹانے کی کوشش کی اور ایک تھرتھراتے ہاتھ سے اس کے ہاتھ کو

تھام لیا اور بہت دیر تک ذاکر کے بازوؤں میں چپ چاپ پڑی رہی۔ ذاکر نے آہستہ سے اس کی گردن کے نیچے گاؤ تکیہ رکھا اور لپک کر منشی کے پاس پہنچا۔ فوراً ڈاکٹر کو بلوایا۔

ڈاکٹر نے آکر مریضہ کی کیفیت دیکھی۔ وہ بھی حیران رہ گیا کہ خون اگلنے کے باوجود وہ زندہ کس طرح ہے بہر نوع انجکشن وغیرہ دے کر چلا گیا اور ذاکر کی تشویش میں اضافہ کرنے کو کہتا گیا کہ مریضہ کو تیسرے درجہ کی سل ہے اور خود بھی احتیاط رکھیں فوراً بھاگ کر لباس تبدیل کر ڈالیں۔ اور تمام کمرے کو فن آئل سے اسی وقت صاف کرائیں اس کے علاوہ مریضہ کو جلد کسی اچھے شفاخانہ میں داخل کرادیا جائے کیونکہ نزہت گاہ کے بس کا اب مرض نہیں رہا ہے۔ راحت غافل پڑی تھی۔ وہ مطلق نہ سن سکی کہ اس کی غم رسیدہ زندگی خطرے میں بتائی گئی ہے۔

گھنٹہ آدھ گھنٹہ کے بعد راحت کی حالت ذرا درست ہوئی۔ اس نے آنکھیں کھولیں اور اپنے قریب ذاکر کا رنجیدہ چہرہ دیکھ کر مسرت کی ایک ہلکی سی مسکراہٹ اس کے لبوں پر آگئی پہلے بھی وہ کئی بار اپنے گھر میں خون تھوک چکی تھی۔ مگر کوئی اس کے سرہانے آکر نہ بیٹھا تھا۔ کسی نے اس کی غور و پرداخت نہیں کی تھی ہاں اس کی پانچ سالہ بچی اپنی ماں کی یہ حالت دیکھ کر غم سے چیخنے لگتی تھی۔ راحت تھوڑی دیر کے بعد لوٹ پوٹ کر ہوشیار ہو جاتی اور اپنی بچی سے ٹھنڈا پانی منگوا کر پی لیتی۔ بس یہ تھی اس کی دوا۔ یہ تھا قوت بخش انجکشن ورنہ اس کی نزہت گاہ یا تو تنگ و تاریک اپنے مکان کی مسموم فضا تھی یا چھوٹے سے مدرسہ کے گھونٹنے ہوئے بند کمرے۔ آج تک اس نے زندہ رہنے کی تمنا محسوس نہیں کی تھی۔ اپنی قلیل تنخواہ میں گھر کا خرچ بھی چلا رہی تھی۔ اپنے سل زدہ شوہر کا دم کی تیمارداری و قرب نے اس کو بھی سل کا شکار کرا دیا تھا۔ م علاج و معالجہ بھی کرا رہی تھی بچی کی ضد یں بھی پوری کرتی۔ غرض افلاس کے مار ڈالنے والے گھونسے تنہا اپنے سل زدہ سینے پر کھائے جا رہی تھی۔

"ذاکر! کیا بج گیا۔ مجھے یہاں آئے بہت دیر ہو گئی۔ اب مکان پر جانا چاہیئے!" آخر اس نے نقیہ آواز میں کہا۔

"نہیں جان! آج میں تم کو نہیں جانے دوں گا۔ تم آج یہیں رہو گی۔ اور دو چار روز میں تم کو میں لکھنؤ لیجا کر کسی بڑے شفاخانہ میں داخل کرا دوں گا۔ تمہارے پاس ایک ملازمہ رکھوں گا، ہفتہ میں دو ایک چکر خود بھی لگا جایا کروں گا۔ اور بہترین طبی امداد جو میرا قلیل سرمایہ فراہم کر سکتا ہے تمہارے لیے مہیا کر دوں گا۔ اب میں تم کو اپنے ہاتھ سے نہ جانے دوں گا راحت میں تم کو کسی قیمت پر بھی نہ مرنے دوں گا۔" ذاکر نے اس کی پیشانی پر پیار سے ہاتھ پھیرتے ہوئے کہا۔

راحت کی آنکھیں سرور سے بند ہونے لگیں کیسے میٹھے بول تھے اس غریب کو کیا معلوم تھا کہ اس کی راحت کی قسمت میں ان تمام باتوں میں سے ایک بھی نہیں ہے اگر ہے تو وہی ایک بدنصیب افلاس زدہ بچی کی پرورش، ایک دائم المرض سل کے پرانے بیمار کی تیمارداری۔ ایک کثیف مکان کی ہوا اور اس کا تھکا مارنے والا دھندا اس کے بعد مدرسہ کے نمناک اور چھوٹے کمرے جن کی زہریلی فضا میں وہ درس کی شکل میں وہاں لڑکیوں کو اپنی بچی ہوئی حیات پلایا کرتی ہے۔ کہاں وہ اکسیر دارو۔ کدھر بہترین طبی امداد اور اعلیٰ درجہ کے شفاخانہ کا داخلہ۔ اس نے ایک لمبی سی گھٹی ہوئی سانس کھینچی اور آہستہ سے بولی۔

"نہیں اچھے مجھے جانا پڑے گا۔ تمہیں نہیں معلوم میرے سر کیسی ذمہ داریاں ہیں!"

"کیا ذمہ داریاں ہو سکتی ہیں میری سمجھ میں تو کچھ آیا نہیں زیادہ سے زیادہ مدرسہ کا خیال ہوگا۔ چنانچہ تم کو اپنی اس سنجیدہ حالت میں با آسانی چھٹی مل سکتی ہے!" ذاکر نے کہا۔

"مگر میرا گھر مجھے چھٹی نہیں دے سکتا!"

تمہارا گھر! تمہارے گھر میں ہوگا کون؟" ذاکر نے کہا۔ اس کے بعد اس کو کوئی خیال آیا اور بولا:۔

"کیا، راحت تم نے اپنا گھر آباد کر لیا ہے؟ تمہاری اس کمزور حالت میں مجھے تم سے کوئی ایسا سوال تو نہیں کرنا چاہیئے مگر اچھا ہے باخبر ہو جاؤں گا" ذاکر نے کہا۔

راحت مسکرا دی اور بولی:" اگر میں نے اپنا گھر آباد کر لیا ہو تو کیا تم کو اس سے صدمہ ہوگا اور مجھے چھوڑ دو گے؟" اس کی حالت اب درست ہو گئی تھی اس لیے اٹھ بیٹھی۔

بڑا مشکل سوال ہے۔ صدمہ کے متعلق تو تم خود سمجھ سکتی ہو کہ تمہیں ہمیشہ کے لیے اپنی دسترس سے دور پا کر میری کیا حالت ہو سکتی ہے رہا چھوڑنے کا معاملہ تو میں تم کو اس سقیم حالت میں نہیں چھوڑ سکتا۔ تمہارے میاں سے اجازت لے کر میں تمہارے علاج میں کوئی دقیقہ نہ اٹھا رکھوں گا۔ ذاکر نے کہا۔

راحت کا دل پھر محبت سے بھر آیا۔ اس کو معلوم نہ تھا کہ اس سات سال کی جدائی میں ذاکر اس کو اس قدر چاہنے لگا ہے۔ اور اس کو طویل مدت کے بعد لاش کے مانند پا کر بھی شدید سرگرمی سے چاہ رہا ہے۔ نہیں میں اپنے ذاکر کا دل نہ توڑوں گی۔ اس وقت نہ توڑوں گی۔ پھر کبھی حقیقت حال اس سے بیان کروں گی یہ میری زندگی کے بہترین لمحات ہیں ان میں زہر نہ ٹپکاؤں گی۔ اس طرح عورت نے کچھ اپنی ذات کی مسرت و خود غرضی کی خاطر کچھ اپنے چاہنے والے کو غم سے بچانے کے لیے جھوٹ سے کام لیا اور سنجیدگی سے سر ہلا کر بولی۔

"مطمئن رہو اب تک میں تمہاری ہی ہوں" یہ ایسا جھوٹ تھا جس میں سچ کا شائبہ بھی موجود تھا۔ ذاکر نے اس کو بازوؤں میں لے لیا۔

"ذاکر! خدا تم مجھ سے دور رہو میرا تو پیام اجل آچکا ہے مگر میرے اپنے ذاکر ابھی تم کو زندگی کا لطف لینا ہے خدا کے واسطے کپڑے بدل ڈالو اور سل کے خون سے

اپنے لتھڑے ہوئے ہاتھ کو خوب صابون سے دھو ڈالو۔ افسوس میرے جسم میں ابھی اتنی جان نہیں ہے۔ ورنہ میں تمہارا کمرہ ابھی دھو ڈالتی"

"نہیں راحت۔ تمہارے بعد میری کیا زندگی! میری راحت حیات تو تم ہو اگر یہ موذی مرض مجھے لگنا ہی ہے تو اچھا ہے ہم دونوں دنیا سے ساتھ اٹھیں اور ایک دوسرے کی جدائی کا غم نہ اٹھائیں" ذاکر نے کہا۔

خدا نہ کرے کہ یہ ظالم مرض تمہیں ہو لگے۔ میں تو مرنے کو بیٹھی ہی ہوں۔ خدا کرے تمہاری بلائیں لے کر مر جاؤں۔ میں جانتی ہوں کہ تم حفاظتی ذرائع اختیار نہ کرو گے اس لیے تم سے دور رہوں گی۔ اور اب تمہارے پاس نہ آؤں گی"

"راحت! غلطی پر ہو۔ تمہارا متعدی مرض تو شاید مجھے مار ڈالنے میں چوک جائے لیکن اب تمہاری جدائی میرا گلا گھونٹ دے گی۔ اچھا جان آرزو میرا کل سرمایہ چھ سو روپے ہے۔ وہ تم لیتی جاؤ۔ اور ہفتہ عشرہ تک اچھی غذا، پھل، انجکشن وغیرہ لو پھر کہیں سے اور روپیہ کا انتظام کروں گا۔ اور دس پندرہ یوم تک تم کو شفاخانہ میں داخل کرا دوں گا"

"نہیں۔ میں تمہارے سرمایہ پر ڈاکہ نہیں ڈالوں گی"

"تم پاگل ہو۔ سرمایہ کی لعنت سے ہم آزاد ہیں یا یہ تو ہماری تمہاری مشترکہ مصیبت ہے جس کی شرکت سے تم انکار نہیں کر سکتیں"

"اچھا تو ایسا کرو نصف رقم اپنے پاس رہنے دو۔ روپیہ قرض لینے کی ضرورت نہیں اور دیکھنا میں صرف ایک شرط پر ہسپتال میں داخل ہوں گی وہ یہ کہ تم کبھی وہاں نہ آؤ گے۔ اس وقت تک نہ آؤ گے جب تک میں تم کو نہ بلاؤں"

ارے تم ڈرتی کیوں ہو! مجھے اتنے جلد سل نہیں لگ جائے گی۔ خیر اگر میرے نہ آنے سے تم صحت یاب ہو سکتی ہو تو میں نہ آؤں گا۔ لیکن اللہ تم جلد داخل ہو جانا کیا میں تمہارے

ہمراہ لکھنؤ تک بھی نہ چلوں؟"

"نہیں ذاکر! خواہ مخواہ ہم پر لوگوں کی نظریں پڑیں گی۔ یہاں میرے ایک عزیز نکل آئے ہیں۔ ان کے ہمراہ چلی جاؤں گی۔" راحت نے کہا۔

لاحول ولا قوۃ۔ تم اب تک ان ننگے لوگوں سے ڈرتی ہو جن کو ہم بارہا آزما چکے ہیں اور اپنے سے بہت زیادہ گناہگار پا چکے ہیں۔ خیر لیکن میں اصرار نہیں کروں گا۔ تم کو ایک کام جانتے ہی کرنا ہوگا۔ اپنا پورا پتہ، شفاخانہ کا نام اور داخلہ کی کیفیت لکھ کر روانہ کر دینا۔" ذاکر نے کہا۔

اس کے بعد راحت اٹھ کھڑی ہوئی۔ جوان تھی کہ جلد سنبھل گئی ورنہ آج کا حملہ بہت خطرناک تھا بیچارہ۔ بودھو باہر حیران تھا کہ یہ کیسی مقدمہ بازی ہے کہ موکلہ کا اب تک پتہ نہیں ہے بہر نوع راحت آہستہ آہستہ سیڑھیاں طے کرکے نیچے اتری اور بودھو کے ہمراہ تانگے میں اپنے مکان کی طرف روانہ ہوگئی۔

راحت کے رخصت ہو جانے کے بعد ذاکر بہت دیر تک سر تھامے بیٹھا رہا راحت کے خون حیات کا نشان اب تک اس کے ہاتھ پر تھا۔ اور یہ ہاتھ بلا اندیشہ ضرب و زیاں اس کی ناک اور منہ پر بارہا بے خیالی میں لگتا رہا موت جراثیم کی شکل میں راحت کے پھیپھڑوں میں کلبلا رہی تھی، وہاں سے نکل کر وہ ذاکر کے ہاتھ پر آ بیٹھی اور چپکے سے تنفس کے ساتھ اس کے پھیپھڑوں میں بھی داخل ہو کر اور وہاں بھی اپنا ایک نشیمن بنا کر اپنی ہلاکت آفرینی کا تماشہ دیکھنے لگی۔

انیسواں باب

راحت ایک عجیب کشمکش میں مبتلا ہوگئی تھی۔ ناداری اور بیمار و بیکار شوہر کا فسندد

ہردم اس کو دعائے مرگ اور دنیا سے کنارہ کشی کی آرزو میں مبتلا رکھتا تھا۔ لیکن آج اپنے ذاکر کو پالینے کے بعد اس نے محسوس کیا کہ موت سے بہتر ہر نوع زندگی ہے۔ خواہ وہ کسی قسم کی بھی ہو زندہ رہنے کی تمنا اگر کسی کی خاطر قائم ہو جائے تو یہی اصل زندگی ہے۔ مگر کیا واقعی اس کو زندگی مل جانے کے امکانات تھے۔ اگر ایک پتھر کو بھی شوہر کا نام دے کر عورت کی آغوش میں ڈال دیا جائے تو وہ بھی حقوق طلبی کے لیے زبان گویا اختیار کر لیتا ہے: نگرانی مانگنے لگتا ہے اور آسائش زوج طلب کرنے لگتا ہے۔ راحت باغیانہ کہہ سکتی تھی کہ اس کا کوئی شوہر نہ تھا اس کی سل کا نام شوہر نہیں ہو سکتا مگر یہ سل پھر بھی اس کا شوہر بنی ہوئی تھی جس کے وجود کو وہ جھٹلا نہیں سکتی تھی۔ اور عدم کو ثابت کرنے سے قاصر تھی وہ دنیا کو تسلیم کرانے سے عاجز تھی کہ اس کا اصل شوہر ذاکر ہے۔ مگر اس کی خاطر زندہ رہنے میں غیر مختار نہ تھی۔ اس کو ہر صدمہ سے بچا لینے میں معطل نہ تھی اس کو پا کر اس کے لیے سب کچھ قربان کرنے میں ناکارہ نہ تھی۔ ہر چند آئین جماعت و معاشرت اس کے مانع تھے۔ مگر ذاکر نے اس کو بھی اپنی طرح برہنہ بنا لیا تھا اور زرق غلط لباسوں کے لیے ناممکن تھا کہ برہنہ کے مقابلہ میں ٹھہر سکیں۔

ذاکر اپنی مخصوص حیثیت سے راحت کی روح پر مسلط تھا اور شوہر اپنی مخصوص حیثیت سے علم الحساب میں الگ الگ دو کے دو ہندسے کسی طرح ایک دوسرے پر فائق نہیں ہو سکتے۔ مگر دل حساب کی تختی نہیں۔ وہ دل ہے جو بڑی سے بڑی حقیقت اور امر بدیہہ کو پلٹ سکتا ہے۔ مگر راحت کا دل شروع ہی سے ایثار پیشہ تھا اس نے گوارا نہ کیا کہ اپنی موت بخشنے والے کو تنہا چھوڑ کر خود زندگی کا جامہ پہننے شفاخانہ چلی جائے اس لیے علاج کے لیے وہ اپنے شوہر کو بھی اپنے ہمراہ لکھنؤ لے گئی۔

ایک مثلث بن گیا تھا۔ ذاکر نے اپنے لیے راحت کو زندہ رکھنے کے لیے روپیہ

دیا تھا۔ مگر یہ روپیہ ایک اس شخص کو بھی زندگی بخشنے اپنے ساتھ دارالشفاء میں لے گیا جس کی واحد موت میں اس روپیہ کا بہترین مصرف مضمر تھا اور جس کے راہ سے ہٹ جانے پر راحت ذاکر کی ہو سکتی تھی۔ اس کے روپیہ نے غداری کی، اس نے دو بیماریوں سے شفا بخشنے کا وعدہ کر لیا۔ حالانکہ اس کو ایک زندگی سے بے رخی برتنی لازم تھی تاکہ اپنے عطا کنندہ کی تمنا پوری ہو سکتی۔ مگر عطا کنندہ خود اس تمنا سے ناواقف تھا۔ جو کچھ ہو چکا تھا۔ وہ قدرت کی سازش تھی اور قدرت نے اس سے کوئی قول نہ ہارا تھا کہ جو کچھ وہ کر رہا ہے وہ پورا ہی ہو جائے گا یہی دیر تھی کہ موت اپنی جگہ پر مطمئن تھی۔ اس کو یقین تھا کہ ذاکر خود چند روز بعد دفیعۂ مرگ کی غلط کوشش کے سلسلہ میں شفاخانہ پہنچنے کے قابل ہونے والا ہے اس طرح قضا اس مثلث کو توڑ ڈالنے کا ارادہ کر چکی تھی۔

راحت اپنی بچی کو محلّہ کی ایک ہمدرد ماں کی نگرانی میں دے گئی تھی۔ لکھنؤ جا کر دونوں میاں بیوی ایک شفاخانہ میں داخل ہو گئے۔ جب تک ان کے پاس روپیہ رہا معالج توجہ سے علاج کرتے رہے جب وہ ختم ہو گیا تو دونوں کو جنرل وارڈ (عام مریضوں کا کمرہ) میں لا ڈالا گیا۔

راحت نے حسب وعدہ یہاں آ کر اپنے داخلہ کی اطلاع ذاکر کو روانہ کر دی تھی چنانچہ اس کو ایک گونہ اطمینان ہو گیا تھا اور روز منتظر رہتا کہ راحت اپنی بہتر حالت یا اس کو بلانے کا پیام جلد بھیجنے والی ہے اس طرح دن گزرتے چلے جا رہے تھے۔ کبھی ذاکر کی نگاہ فرش پر جمے ہوئے خون کے اس گول گول دھبہ پر پڑ جاتی جو اس روز راحت کے ماؤف پھیپھڑوں نے اگلا تھا۔ تو وہ اس پر جھک جاتا اور اس کو اس طرح غور سے دیکھنے لگتا گویا وہ جام جہاں نما تھا۔ جس میں اس کی اور راحت کی آئندہ حیات کو پڑھا جا سکتا ہو۔ اب یہ دھبہ سیاہ ہو چکا تھا۔ مگر اس کا ابھی رنگ نہیں اڑا

تھا۔ جب یہ دھبہ فرش کے صحتمند بسط کو داغدار کر سکتا ہے تو گیا اس کی پگھلی ہوئی سیاہی عمرِ انسانی کے طول کو کاٹنے سے باز رہ سکتی تھی دیکھتے دیکھتے فرش کا داغ اس کی آنکھوں کے نیچے آہستہ آہستہ حرکت کرنے لگتا۔ ایسا معلوم ہوتا جیسے وہ ابھر رہا ہے، آہستہ آہستہ اونچا ہو رہا ہے چند روز کے بعد اس کی آنکھیں اس کو چاٹ گئیں اب وہ فرش پر نہ رہا تھا بلکہ جب ذاکر آنکھیں بند کر کے اپنے باطن پر غور کرتا تو ایسا نظر آتا گویا وہ دھبہ اس کے اپنے پھیپھڑوں پر آ جما ہے اور شرارت سے مسکرا رہا ہے۔

دوسرے ماہ سے ذاکر کو ہلکی ہلکی حرارت رہنے لگی مگر وہ بدستور دماغی کام کیے گیا یہاں تک کہ ایک روز جب وہ شدید اعضا شکنی اور تکان کے بعد اپنے دفتر میں داخل ہوا تو اس نے اپنے سینے میں شدید جلن سی محسوس کی پانی پینے کے ارادہ سے اٹھا ہی تھا کہ ابکائی آئی اور فرش پر عین اوسی مقام پر جہاں راحت کے پھیپھڑوں کے خون سے دھبہ پیدا ہوا تھا اور جواب گم سا ہو گیا تھا ذاکر کے پھیپھڑے سے خون نکل کر گرا اور ایک گیلا گیلا تازہ داغ چھوڑ کر فرش کی تہہ میں جذب ہو گیا۔

اس پہلے حملہ سے ذاکر نے خطرہ کا احساس کیا۔ اس کے بعد اس کو ہنسی آ گئی جو چند سکنڈ میں دیوانگی کے قہقہہ میں منتقل ہو گئی۔ منشی جی گھبرائے ہوئے اندر آئے اور سنجیدہ ذاکر کو اس حالت میں پہلی دفعہ دیکھ کر حیران رہ گئے

" آیئے منشی جی آیئے۔ مگر نہیں مجھ سے دور رہیئے ورنہ کالبرس بن کر آپ پر چھا جاؤں گا گھبرایئے نہیں، میرا دماغ چل نہیں نکلا۔ تھوڑا سا خون منہ سے آ گیا ہے جس نے مجھے آگاہ کر دیا کہ میں اب تک زندہ ہوں ورنہ میں تو ایک عرصہ سے اپنے کو مردہ سمجھے ہوئے تھا" ذاکر نے منشی جی سے کہا اور اپنے ہونٹوں سے خون صاف کرنے لگا۔

" ذاکر میاں!" منشی جی نے لپک کر اس کو اس طرح سنبھال لیا گویا وہ ان کا بچہ تھا پھر

گھبرا کر بولے۔" ذاکر میاں! یہ موذی مرض تم کو کب سے۔ ارے تم نے کسی سے اب تک اس کا تذکرہ بھی نہیں کیا۔ لاحول ولا۔ میں ابھی ڈاکٹر کو بلاتا ہوں۔ آؤ میرے بازو کا سہارا لے کر مکان میں چلو آؤ آرام سے لیٹو۔"

شکریہ، مجھے ابھی اتنی کمزوری نہیں ہوئی ہے منشی جی! خود چلا جاؤں گا۔ آپ کوئی فکر نہ کیجئے مجھے خود نہیں معلوم کہ یہ مبارک مرض کب سے مجھے نواز رہا ہے۔ دق اور سل سے مرنے والا تو شہید ہوتا ہے۔" ذاکر نے مسکرا کر کہا۔ اور اٹھ کر آہستہ آہستہ مکان میں آگیا۔

منشی جی ڈاکٹر کو بلانے چلے گئے زینے پر چڑھنے سے اس کی سانس پھول گئی اور رکھانسی کے ذرا سے جھٹکے سے پھر منہ بھر کر اس نے خون کی کلی کی۔ اتنے جلد ایسی سرعت سے۔ موت! مجھے یقین نہ تھا کہ تو اس قدر رحم دل ہے لیکن محل شناس نہیں ہے۔ جب تک میں گونا گوں مصائب کا شکار رہا اور راحت سے دور تو تو نے آکر جھانکا تک نہیں۔ اب جبکہ ذرا زندگی کا احساس کرنا سیکھا اور راحت کو بھی پالیا تو تو نے اس طرف رخ کیا ہے۔ خیر میں اب بھی تیرے خیر مقدم سے گریز نہیں کروں گا۔ اچھا ہوا کہ تو آگئی۔ راحت میری رفیقہ حیات ہے۔ اب ہم جدا نہ ہوں گے بلکہ دونوں ایک ساتھ تیری آغوش میں جذب ہو جائیں گے۔ ذاکر نے تکیئے پر سے خون صاف کرتے ہوئے دل میں کہا۔

تھوڑی دیر بعد ڈاکٹر آگیا اور تقویت کی دوا دے کر چلا گیا۔ منشی جی نے ذاکر کے دو ایک دوستوں سے بھی اس کی حالت کا ذکر کیا۔ چنانچہ وہ بھی شام کو دوڑے ہوئے آئے اور سب نے مل کر اصرار کیا کہ اس کو کل ہی کسی نزہت گاہ روانہ ہو جانا چاہیئے عظیم اس کی دیکھ بھال کو اس کے ساتھ جانے کے لیے آمادہ ہو گیا۔ ذاکر نے ہر چند مخالفت کی اور ان کو سمجھایا بھی کہ نزہت گاہ سل اور دق کے باب میں بالکل بیکاری

چیز ہے اور وہاں جاکر بھی اس کی صحت درست ہونا ممکن نہیں مگر سب نے مل کر اس کو مجبور کر دیا۔ آخر تیسرے روز وہ عظیم کی معیت میں روانہ ہو گیا۔

یا تو رات دن راحت کے خط کا انتظار کیا کرتا تھا یا اب شب و روز اس کو انتظارِ مرگ رہنے لگا مگر اس مقیم حالت میں بھی وہ برابر راحت کو یاد کرتا رہا۔ ایک طرح وہ خوش بھی تھا۔ کہ راحت اس سے دور ہے اگر قریب ہوتی اور اس کو بھی اپنا ہم مرض پاتی تو وفورِ صدمہ سے اس کی حالت دگرگوں ہو جاتی۔

نزہت گاہوں گے اخراجات بہت وسیع ہوتے ہیں اور ان کے مقابلہ میں ذاکر عشر عشیر بھی نہیں۔ غریب ذاکر کے پاس سرمایہ کہاں رکھا تھا کہ وزنی مصارف کی تاب لا سکتا نتیجہ یہ ہوا کہ ایک ماہ کے بعد اس کو وہاں سے رخصت ہونا پڑا اور لکھنؤ کے شفاخانہ میں آکر داخل ہو جانا پڑا۔

اس کی بھی جب تک پیسے رہے غور و پرداخت ہوتی رہی اس کے بعد وہ بھی جنرل وارڈ میں ڈال دیا گیا۔ جنرل وارڈ میں زیادہ مریض نہ تھے اس کی ایک وجہ تو شاید یہ کہ یہاں آکر مریضوں کو غالباً زیادہ دن جینے کی ضرورت نہیں رہتی یا شاید یہ سبب ہو کہ وہ یہاں سے نکل کر اپنے گھروں میں جاکر مرنا پسند کرتے ہوں مردانہ وارڈ سے متصل ہی زنانہ وارڈ تھا جس کو صرف ایک پردہ اس سے جدا کرتا تھا ذاکر کے پلنگ سے ذرا فاصلہ پر ایک ادھیڑ عمر کے بھیانک صورت بیمار کا پلنگ تھا جس سے نرسیں اور ڈاکٹر سب نالاں تھے اور جو موت کی دوڑ میں سب سے آگے نظر آتا تھا لیکن زندگی سے چمٹا ہوا تھا۔ ذاکر اس کی حرکات کو دیکھتا اور کبھی دل میں ہنستا ہوا کبھی غصہ ہوتا۔

ذاکر کو نہ زندگی کی پروا تھی نہ موت کا غم اس لیے وہ بہت بے پروا نظر آتا تھا۔ اور نہ ڈاکٹر کو پریشان کرتا۔ نہ نرسوں کو، اسی وجہ سے سب اس سے مانوس

ہو گئے تھے۔

یہاں آتے ہی ذاکر کے دل میں سب سے پہلے یہ خیال پیدا ہوا کہ راحت کہاں ہے آیا، اسی شفاخانہ میں ہے یا کسی دوسرے میں، یا وہ مر چکی ہے آہ کہیں مر ہی نہ گئی ہو۔ یہی سبب ہے کہ اس کا کوئی خط مجھے نہ مل سکا۔ آخر اس نے شام کو نرس سے دریافت کیا "کیا آپ کو معلوم ہے یہاں راحت نامی کوئی عورت تین چار ماہ ہوئے ہوں گے داخل ہوئی تھی؟"

"کہہ نہیں سکتی میں کل ہی سے ادھر کام کر رہی ہوں۔ مجھ سے پہلے کی نرس کو معلوم ہوگا" نرس نے کہا۔

"خدا جانے غریب مر گئی یا زندہ ہے"، ذاکر کی آنکھوں میں آنسو بھر آئے حلق کے پھندے کے ساتھ اس نے خون تھوکا۔

"گھبرائیے نہیں معلوم ہو جائے گا" نرس نے اس کو سنبھالتے ہوئے کہا "دیکھئے مجھ سے پہلی نرس وہ آرہی ہے۔ اس کو معلوم ہوگا۔"

جب وہ قریب آئی تو اس نے دریافت کیا "کیوں ڈورا! تمہیں معلوم ہے یہاں کوئی راحت نام کی عورت داخل ہوئی تھی؟ یہ صاحب پوچھ رہے ہیں"

"ہاں ہاں" ڈورا نے کہا۔

"اب وہ کہاں ہے؟ کیا ـــــ کیا مر گئی؟" ذاکر نے جلدی سے دریافت کیا۔

"نہیں مری تو نہیں ہے مگر اس کی حالت اچھی نہیں ہے۔ پاس والے زنانہ وارڈ ہی میں تو ہے وہ۔ آپ اس کے کون ہیں بھائی ہیں؟" نرس نے کہا۔

"نہیں، وہ میری بیوی ہے مجھ سے روٹھ کر علیحدہ ہو گئی تھی" ذاکر نے کہا۔

"آپ کی بیوی ہے! آپ کی؟" نرس نے حیرت سے دریافت کیا۔ ذاکر اپنی حماقت پر نادم ہوا اس کو خیال ہوا کہ بے چاری راحت تو ابھی کنواری ہے اور اس نے یہاں

اپنے کو کنواری ہی لکھوایا ہوگا۔ پریشان سا ہوگیا۔

"بوسیدہ زیادہ آپ کی بیوی ہے؛ آپ ہیں اس کے شوہر! تو یہ بردٹ (جانور) کون ہے؟" اس نے ذاکر سے فاصلہ والے مریض کی طرف اشارہ کرکے حیرت سے دریافت کیا: "یہ تو کہتا ہے کہ یہ ہے راحت کا شوہر" اس نے پھر کہا۔

"اچھا!" اس بار ذاکر نے حیرت سے کہا۔

"ہاں ہاں میں ہوں راحت کا شوہر۔ کیا بکواس لگا رکھی ہے تم لوگوں نے" بھیانک صورت مریض نے کھانسی کے درمیان کہا۔ کسی نے اس کی طرف توجہ نہیں کی۔

"نرس نے مسکرا کر ذاکر سے کہا: "سنا آپ نے؟"

"ہاں! اور راحت کیا کہتی ہے؟" ذاکر نے ویسے ہی دریافت کر لیا۔

"وہ بھی کہتی ہے کہ یہ مریض اس کا شوہر ہے دونوں ساتھ ہی اس شفاخانہ میں داخل ہوئے تھے۔" نرس نے جواب دیا۔

"ایں کیا کہہ رہی ہو نرس! یہ شخص اس کا شوہر ہے! اس نے شادی کر لی کب؟ کب؟" ذاکر نے واپس تکیے پر گر کر کہا۔

"آرام سے لیٹ جاؤ مسٹر۔ ابھی آپ نے خون تھوکا تھا۔" ڈیوٹی پر کی نرس نے کہا۔ اور دوسری نرس بھی بیماروں کے درمیان پرہنستی ہوئی چلی گئی۔

ذاکر کی عجیب حالت ہوگئی یہ انکشاف جس کی وثوق کی ابھی کوئی معقول وجہ اس کے سامنے نہ آئی تھی۔ اس کا گلا گھونٹنے لگا۔ کیا۔ راحت نے شفاخانہ میں داخل ہونے سے قبل اور مجھ سے رخصت ہونے کے بعد اس شخص سے نکاح کر لیا تھا۔ مگر یہ کس طرح ممکن ہے۔ یہ شخص تو خود برسوں کا بیمار معلوم ہوتا ہے اور دق کے مریض کی حیثیت سے اس وارڈ میں پڑا ہوا ہے اس سے کس طرح نکاح

کر سکتی تھی وہ۔ تو کیا اس سات سالہ عرصہ جدائی میں کسی دن اس سے عقد کر چکی تھی۔؟ اس سوال کا جواب صرف راحت ہی دے سکتی تھی۔ مگر اس تک کیسے پہنچوں، کوئی راہ نکالنی پڑے گی۔ اس اضطراب و پریشانی میں وہ بہت دیر تک خون تھوکتا رہا۔

رات کو ایک بجے کے قریب جب نرس تو کجا اب دم مریض بھی نیند کے آغوش میں پہنچ چکے تھے، ذاکر اٹھا اور لڑکھڑاتا ہوا زنانہ وارڈ کے قریب پہنچا، چند سکنڈ کے لیے جھجکا اس کے بعد پردہ اٹھا کر اندر داخل ہو گیا۔

وسیع ہال میں دور دور صرف چار بیمار عورتوں کے پلنگ پڑے ہوئے تھے بجلی کی روشنی اتنی مدھم تھی کہ ہال کے کونوں میں پر اسرار تاریکی نظر آ رہی تھی اور سوائے نیند میں بعض مریضوں کی کھانسی اور بے ترتیب سانس کی آواز کے ہر طرف خاموشی تھی بعض دفعہ ایسا معلوم ہوتے لگتا تھا جیسے پچھلے بیمار جو یہاں مر گئے ہیں ان کی روحیں ذاکر کو دیکھ کر سرگوشیاں کر رہی ہوں۔

ذاکر کی متجسس نگاہ ایک کونے میں پڑی جس پر راحت نما کوئی عورت دراز تھی وہ قریب پہنچا۔ مریضہ اس قدر تبدیل ہو چکی تھی کہ ذاکر اس دھندلے خاکہ کو بڑی مشکل سے راحت تسلیم کر سکا۔ وہ چپکے چپکے بڑھا اور اس زندہ لاش کو جو راحت نامی ایک عورت کی جوانی کا مٹا مٹا سا نقش قدم تھا پیار کرنے لگا۔ اور سل کے لب سل سے سل گئے۔ راحت ایک دم چونک پڑی پہلے تو وہ اس کو ایک سہانا خواب سمجھتی رہی مگر جب اس نے ایک گرم گرم اور خون کی بو سے بھری ہوئی سانس کو اپنے اس قدر متصل محسوس کیا تو خواب سے بیدار ہو گئی۔ چند منٹ بعد راحت نے آہستہ آہستہ ذاکر سے سب کچھ کہہ دیا۔ اور ذاکر نے بھی منہ تک بھری ہوئی بوتل کی طرح اس پر اپنی سل کا خون چھڑک کر بتا دیا کہ وہ بھی اس کا ہم سفر ہے دونوں پہلے

سو دل میں علیحدہ علیحدہ طور پر سخت رنجیدہ ہوئے اس کے بعد باطنی طور پر ایک دوسرے کو ایک ہی منزل کا راہی پا کر خوش ہو گئے۔ اب وہ کبھی جدا نہ ہوں گے۔ ایک ہی سفر تھا۔ اور ایک ہی ابدی منزل۔

آئندہ ہر طرح سکھ سہنے والی دو زندگیاں تباہ کر دی گئیں۔ ایک کو سوتیلی ماں نے غارت کیا اور ایک کو جاہ پسند و اعزاز پرست باپ نے جو اپنے بھگتے جگتائے دن ختم کر کے دنیا میں ہر شے کا ہر نعمت کا مزا لوٹ چکا تھا۔ مگر کچھ اور کی حرص اتنی قوی تھی کہ اپنے لخت جگر کی اس نے تباہی گوارا کر لی لیکن اس اینٹ کو نہیں گرنے دیا۔ جس کو سرکار کے چابک دست ہاتھ نے عزت کے نام سے اپنی ہی آسائش کی خاطر کھڑا کیا تھا۔ ایک ہی شفاخانہ کے سل زدہ مریضوں سے بھرے ہوئے جنرل وارڈ میں تین زندگیوں کے جنازے رکھے ہوئے تھے جن کی تجہیز و تکفین کی چند وہ بندگان کو اس وقت خبر ملی تھی اور فکر ہوئی تھی جب شاید لاشیں اتفاقاً بدبو چھوڑنے لگی تھیں ہندوستان میں ایسی ہزاروں لاشیں ملیں گی جن کو مرگھٹ یا قبرستان کی طرف شفاخانہ سے اٹھ کر جانا نصیب ہوتا، بلکہ جو گلی کوچوں ہی میں سے چن کر ٹھکانے لگا دی جاتی ہیں۔ اور ابھی دو کم سن بچوں کی لاشیں اور تیار ہو رہی تھیں، جو زمانہ کی غفلت سے کچل کر افلاس و ناداری سے پس کر اپنی بے جان جوانی میں گھر سے اغوا کی جانے والی تھیں، حادثتہً اغوا کا مجرم بننے والی تھیں جیل میں جانے والی تھیں سماج میں سے دودھ کی مکھی کی طرح نکال کر پھینک دی جانے والی تھیں اور آخر میں سل، دق، ہیضہ، پلیگ، اور ان سب سے سخت کنگالی کے روگ سے سڑک پر مر کر شہر خموشاں میں لا ڈال دی جانے والی تھیں۔ یہ سب کچھ ہوتا رہے گا۔ دنیا اسی طرح مسکراتی رہے گی۔ روتی رہے گی۔

کچھ دنوں بعد ایک سربمہر وزنی سا اور بہت دقیع لفافہ جو ذاکر نامی کسی شخص کے

نام کا تھا سارے زمانے میں دوڑا دوڑا پھر رہا تھا۔ ڈاک کے پچاسوں تھیلوں میں منتقل ہوتا ہوا اور بہت سی مہریں کھاتا ہوا ادھر ادھر منڈلاتا پھر رہا تھا۔ اس کے اندر ساڑھے تین لاکھ روپیہ کا حق ملکیت اور لاکھوں روپیہ کی جائداد وں کا حق تصرف بھرا ہوا تھا۔ مگر اب ذاکر نامی کسی شخص کی خاک بھی نہیں رہی تھی جس پر بیٹھ کر وہ لوٹے ہوئے حقوق کا سینہ کھول کر ندامت کے دو آنسو بہا سکتا —— کاش یہ ہمہ بخش لفافہ کسی ایسے ہاتھ میں پڑ جاتا جو راحت جیسی لڑکی کے لیے ایک باقاعدہ ٹھکانا بنا سکتا !

ذاکر اپنے جوش برہنگی میں زمانہ کو سر کرنے نکلا تھا۔ اس نے اپنے جسم سے لباس اتار کر بہت سے ننگے لباسوں کے کپڑوں کو چیر چیر کر ڈالنا چاہا تھا وہ بلبلہ کی طرح اٹھا تھا۔ اور بلبلہ کی ہی طرح اس کو بیٹھ جانا پڑا۔ دنیا میں ایسے سینکڑوں حباب اٹھتے ہیں اور اچھی طرح ہوا کھانے سے قبل ہی پھوٹ جاتے ہیں مگر وہ دن دور نہیں کہ ایک دن یہ بلبلے پتھر کی طرح سخت ہو جائیں گے۔

بھڑکتی آگ کے سر پر دیگچی رکھ دی جاتی ہے۔ پانی دیگچی میں تھوڑی دیر بعد کسمسانے لگتا ہے۔ آگ اپنا کام کئے جاتی ہے پانی پیچ وتاب کھائے جاتا ہے بلبلے اٹھتے ہیں پھٹتے ہیں۔ اور پھر اٹھتے ہیں، پانی بے چین ہو کر کبھی حرارت کی شکل میں اور کبھی ابال کی صورت میں آگ سے نجات پانے کو دیگچی میں نکل بھاگنے کی کوشش کرنے لگتا ہے —— آگ جلے جاتی ہے پانی کو چوسے جاتی ہے جلائے جاتی ہے۔ بلبلے اٹھے جاتے ہیں۔ مٹے جاتے ہیں۔ لیکن ایک وقت ایسا بھی آتا ہے کہ پانی انتہائی غیظ و غضب سے چیخ اٹھتا ہے۔ بلبلے توڑتے توڑتے اور زیادہ تعداد میں پیدا ہوتے چلے جاتے ہیں۔ اور پانی ایک خطرناک جوش کے ساتھ اس شدت سے دیگچی میں سے ابل پڑتا ہے کہ آگ کو بجھ جانا

پڑتا ہے۔ یہ بلبلوں کی فتح ہے۔ یہ حبابوں کی جیت ہے۔ یہ برہنہ کی وجہ سے ہے۔

ختم شد

ایک نازک اور حساس جذباتی داستان

برانچ لائن

مصنف : دت بھارتی

بین الاقوامی ایڈیشن منظر عام پر آچکا ہے

www.ingramcontent.com/pod-product-compliance
Lightning Source LLC
LaVergne TN
LVHW010800051026
849532LV00007B/2421